沒有返程票的／旅行

他們在不知不覺間
沿途丟下了童稚的歲月
於是走上一場
沒有返程票的旅行……

策劃／吳鈞堯
賞析／陳幸蕙

推薦序

讓家成為愛的堡壘

國立臺灣文學館館長　李瑞騰

今天在臺灣的住民，包括原住民、明鄭及清領時期移民臺灣的漢人之後裔、二戰結束來臺與一九四九年前後隨國府遷臺的省外人士及其後代；他們在大時代巨輪的滾動下，歷經族群競爭，或被日本殖民，或因日本侵華而流離失所，因國共內戰而避禍臺島，甚或二度漂流異域。他們的第二代，乃至第三代、第四代，融入整個臺灣社會，老中青幼，在時代與世代、族群與家境的交錯影響下，各自展現其生命之姿；近年更有為數不少的新移民，越洋來臺掙幸福。

然而，不論社會如何多元而複雜，家庭作為構成社會最基本的單位，對每一個人來說，都是最最切身，且是心心繫念的空間；兩代或三代之間，夫妻之間等關係，亦即所謂倫理，所謂親情，在面對新時代、新生活、新價值之際，必然會有新的回應與挑戰，我以為，掌握其中不變的「情」，以「平等」、「尊重」為原則，應該可以讓「家」成為一個穩定的「愛」的堡壘。

當媒體充斥著形形色色扭曲變形的家變新聞，「家家有本難念的經」被誇大，提倡親情書寫，或許是文藝媒體可以為這個社會付出的一種方式，進一步將相關文章彙編成冊，鼓勵並指導年輕的朋友閱讀，應該是一件有意義的事。

以青年為服務對象的《幼獅文藝》，邀請相對比較年輕的作家撰寫親情散文，得文十六篇，或寫母氏，或寫內外祖父及父親，皆出之以情之作，內容包括成長過程中所蒙受的點滴恩惠，家庭成員間的互動和對話等，帶動過去在大陸時期的顛沛流離人生、日據時代的茹苦含辛歲月，以及在臺灣社會的變遷中的肆應等。

而為了導引讀者披其文而入其情，編者特別邀請文壇散文名家陳幸蕙女士逐篇撰寫賞析，言簡意賅，直探文心。我讀過以後，深覺三方（編者、作者、賞析者）搭配得很好，合當是一本值得青年朋友閱讀的好書，樂於向讀者諸君大力推薦。

序

父親與母親，我的信仰

吳鈞堯

父親與母親，是小孩心中的第一個神。

面對神，我們只能仰望、祈求，期許神，無所不在、無所不能。嬰兒因肚餓難耐、或尿溼難受，以哭聲呼喚神明。遇著病痛，而嬰兒已熟悉語言時，我們哭喊著爸爸、媽媽，驅使他們趕赴我們生病的現場。在外頭遇見不肖學生欺負，我們會哭喊說，「我要回去告訴爸爸跟媽媽！」而若不幸跌倒或車禍意外，而若我們正值少年，必伸長頸項，企盼父母到來。

父母是孩子心中的第一個神，但是，也可能是最先瓦解的神。隨著年齡漸長，知識與閱歷漸多，慢慢地我們知道，在父母上頭，還有觀世音菩薩、關聖帝君、釋迦牟尼、耶穌與阿拉真主，以及驅除災厄的王爺、保佑船民的媽祖，甚至是一條紅巾圍起的大石頭公、穿上一條大紅披風的風獅爺……原來，父母不是神。而且，父母的作為、能耐，極為有限。

從這個角度看，本書諸多篇章，都在瓦解父母不是神明，而是一般人。

有個廣告用詞朗朗上口，「人，因為夢想而偉大」，人，到底因為負擔了什麼，堅持了什麼，終於讓人的平凡顯現聖潔，而有些淡淡、卻不抹滅的光煦？任何一個年代不是充滿大的動盪，就是小的不安，沒有平穩而不失衡的水平線。而近代歷史的震盪，震央就在臺灣海峽，羅智強、楊明、郁馥馨為歷史中的小人物作傳，平凡的父母於書寫的還原下，成為抵抗時代巨變的巨人。張信吉、劉雅郡、謝三進、王麗娟、鄧文瑜、楊美紅所記載的卑微卻深刻、微小卻永恆，那是父母站在時光長廊的角落，一個匆匆但又凝駐的畫像。李儀婷、鄭淑瑩，為父輩與母者，崎嶇且曲折的故事，烙下一個印。

本書收錄《幼獅文藝》於二〇一一年五月與八月刊載的兩個專題，加上編輯的定位與巧思，並邀請散文名家陳幸蕙專文導讀，終而為書。當專輯尚未成書的時候，曾有多位朋友表達對文章的激賞，其中一位說，「半夜睡不著，起來翻閱專輯，沒料到讀了之後，更加睡不好了。」勾走睡眠的，是每一個人心中對於往事消逝，繾綣情懷之牽引；或者，透過眾作家對於父母身世的撰寫，遍涉身世與地理，忽然想起，爸爸、媽媽也有故事，而原來，他們是最沒有故事的人。父母的失去故事，在於他們不便傾訴、或者拙於述說。也可能……朋友看見他失去的第一個神明，又在文字的淬鍊中復活。拔卓挺立的身影取代駝背與多病，父母終因敘述而不老，甚至，再成為了神……

又或者，我把閱讀的感動想得太遠了，午夜夢迴之際，這一切的感動是來自幾個字句勾勒的細節，一綹枯動的白髮、幾條擠得深峻的皺紋，非常之傳統，卻也非常之抒情。

目錄

父族的行履

母親的大地

圖片提供 ‖ 李祥銘

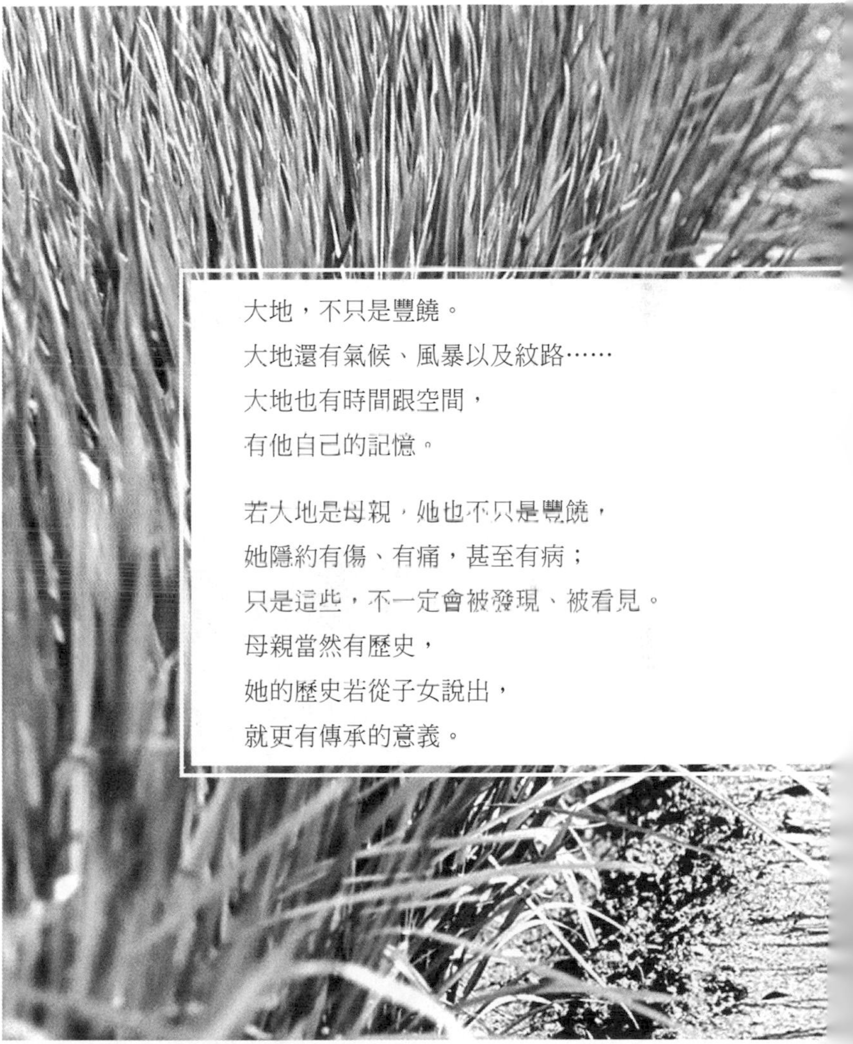

大地，不只是豐饒。
大地還有氣候、風暴以及紋路……
大地也有時間跟空間，
有他自己的記憶。

若大地是母親，她也不只是豐饒，
她隱約有傷、有痛，甚至有病；
只是這些，不一定會被發現、被看見。
母親當然有歷史，
她的歷史若從子女說出，
就更有傳承的意義。

本文作者楊明與母親合影。

沒有返程票的旅行

——從煙臺到臺灣

文、圖片提供∥楊明

一九四八年，民國三十七年的雙十節，母親離開了煙臺，也離開了父母，離開了家。

至今，母親依然清楚記得那個早上，全校師生在學校操場集合，他們升上中華民國青天白日的國旗，校長說：今天我們升上了這面旗，明年雙十節我們再回來降旗。那一年母親六月才剛從小學畢業，勉強達到了做流亡學生的資格，年紀雖然很小，但是心裡卻隱約已經懂得校長沉重的心情，帶著一群年輕孩子「離家出走」，既是現實情勢上的不得已，也是為了學生未來而承擔的責任，聽到校長的話，她的眼眶也熱了起來。

去送行的外婆擔心母親離家不能很快回來，而雙十節後天氣就要變冷了，堅持在原本打包好的行李上又添了一條棉被。沒想到，那一天從煙臺開出的船在海上遇到大風浪不得不折返，這使得背了很多行李的母親，返回後一直和外婆抱怨，還生氣的說：「你想把我累死啊！」

母親對外婆不厭其煩的殷殷叮囑，感到十分不耐，她覺得自己只不過出去旅行一趟，校長不是說了嗎？明年就回來。後來，母親離開了家，一走就是四十年，這是十二歲的她怎麼也想不到的，母親一直後悔，當年臨別前對外婆的不耐與抱怨，卻再也沒有機會和外婆說，後來的她已完全懂得外婆的不放心和不捨。

民國三十七年，對日抗戰勝利的喜悅才剛剛過去，烽火連天的國共內戰已經如火如荼燃起，煙臺中學到了青島，與其他中學共同成立了山東聯中，在校長的帶領下他們去了上海，接著去了杭州，初時乘船又乘火車的興奮已經過去了，離家自由翱翔的憧憬期盼，逐漸被旅途勞頓取代。同學們相約去遊西湖，高中的學姊紛紛裝扮起來，在西湖的秋陽中留下嬌美的倩影。母親和其他幾個同齡的女孩站在西湖邊，瞅著眼前碧綠的湖水，荷花早已謝盡，她們商議著，拍照、划船遊湖，還不如買菱角吃。沒在西湖留影的往事，後來卻成了母親心裡的遺憾，讀到「水光瀲灩晴方好，山色空濛雨亦奇」時，不禁埋怨自己，分明去過西湖，卻什麼也沒留下。

西湖的美景錯過了，可以重遊，母親和外婆失去的相聚歲月，卻永遠沒法彌補。

在杭州滯留了一段時間，終於學校出發往湖南藍田，在當地借了一所學校的教室，上了一學期的課，冬天的早上，寢室裡的人全賴床，只有一個同學願意早起洗臉刷牙，還好心的為同房的每個人帶回溼毛巾，賴床的女孩們就這樣擦擦臉，用昨夜杯裡的水漱漱口，便去上課了。學校的師長們也不知道接下來該往哪走，局勢混亂，變化又快。一個學期後，學校帶著這一大群年輕的孩子又到了衡陽，母親說，在衡陽她天天和同學去看免費電影，流亡學生沒錢買票，影院老闆倒也沒攔著不讓進，雖然電影院沒換新片，但反正無聊，就天天去看，對白都會背了，也不走，直到老闆撐不住，乾脆歇業了。

學校一路向南走，帶著這群孩子又到了廣州，沒有車坐，每個人背著自己的行李，瘦小的母親背上的行李比她還大還沉，疲倦的她跟不上學校的隊伍，漸漸地脫了隊，在海珠橋頭她再也走不動了，也看不見其他人，只能孤單的坐在橋頭哭。還好那位每天早上給大家送溼毛巾的同學找了來，沒說一句話，背起母親的行李，拉著母親的手，繼續走，原來其他同學老師就在前方不遠處，拐個彎就到了。那個回頭尋找的同學，和母親成了一輩子的好朋友，母親說，後來她常想，如果她沒回頭來找，說不定自己真的流落廣州街頭了呢。

住在廣州時，局勢更亂了，生活也更加艱苦，學校臨時安置所的旁邊有戶人家，常常避開別的高年級同學，喊母親和幾個年紀小的女孩去家裡吃飯。母親說，那些人真是善良，也不嫌她們煩。後來老家的尊長將母親從廣州接到基隆，她暫時離開了流亡學校，新學校的國文老師出了一個作文題目：中秋節。母親寫下自己想家的心情，老師稱讚寫得很感人，讓同學念給大家聽，很多同學都哭了，因為那思念的心情是真實而不造作的，從那時起，母親愛上文藝，將情感寄託其中，求學期間，她在國文課的表現一直是特別好的。在基隆讀完初中，因為實在想念昔時的姊妹，當時山東聯中到了澎湖，母親於是也去了澎湖，後來隨學校轉至員林﹝注﹞，員林的學校生活依然很苦，同學們感情卻很好，猶如一家人，學校裡沒有餐廳，每天吃飯就在操場上，連桌椅都沒有，只能

注：當時的員林實中分高中部和師範部，現在改名為崇實高中。

蹲在地上吃，風沙吹來就當加了調味料，女孩子總是比較注重形象，蹲著吃飯讓母親不自在，為了快點吃完好離開，她只好吃得特別快。

畢業後，母親分發到草湖教書，在那裡的三年，山東籍的母親和兩位臺灣籍同事結為異姓姊妹，雖然不會說臺語，母親和房東的感情卻很好。我出生時，母親早已離開草湖，房東從別的老師那兒聽說了，怕母親營養不夠，還特意提著兩隻雞為母親進補，那時雞可是奢侈的食品呢。

小時候，媽媽牽著我走在路上，常會想起自己的母親，同樣只有一個女兒，送走後一生見不到的那種不捨，自己做了母親後全都懂了。然而等到終於開放探親時，外婆已經過世，母親回去上墳，感慨萬千。離家多年總以為遲早會再相見，當面和媽媽說聲對不起，沒想到卻連再見的機會也沒有。

母親從煙臺一路走到臺灣，不知不覺間沿途丟下童稚的歲月，他們走上了一場沒有返程票的旅行。民國九十八年，員林的同學們一起慶祝來臺六十年，昔時十餘歲的孩子，已經七十餘歲了，他們共同經歷了那一段物資匱乏、思鄉成疾的艱苦日子，但也是一段青春甜美的成長歲月。

本文作者母親李燕玉女士年輕時留影。

李女士（右二）與同學合影。

餘韻再賞

〈沒有返程票的旅行——從煙臺到臺灣〉一文，從大時代動亂的背景切入，書寫母親少女時代離家輾轉流亡，自故鄉煙臺轉進至上海、杭州、衡陽，廣州，最終落腳於臺灣的曲折歷程。文章敘述的時間點則從民國三十七年國共戰爭開始，至民國九十八年員林中學校友慶祝來臺六十年止，整整橫跨一甲子，在不到三千字的散文中，拉開了非常寬廣遼闊的時空幅度。但作者舉重若輕，只特別在幾個別具意義的代表性事件上著墨——例如文章一開始那莊嚴沉重、冀盼翌年雙十「再回來降旗」的升旗典禮、母女一別成永訣的時代悲劇、流亡歲月刻骨銘心的同窗與同胞情誼，乃至初到臺灣艱苦克難的求學生涯，以及，突破省籍地域界限，自然流露的人性溫馨等，所述雖僅是作者母親個人際遇，但全文以小我個相，映現大我共相，既是一幀具體而微的時代剪影，亦是一枚可感可嘆的時光切片，而作者娓娓道來，既不煽情亦不悲情，藝術制約精當，誠屬難能可貴。

圖片提供‖張靖梅

農地裡的養女

文‖張信吉

媽媽是虎尾溪農地裡的養女。

一九四〇年代臺灣的農業社會需要大量的勞力，家庭生育旺盛，在父系社會重男輕女的氛圍下，窮困人家的女子更需要付出無止境的操勞，「易女收養」也許是一種最簡單的忍心吧？從虎尾溪畔的虎尾郡番薯莊沈姓人家出養到離村莊南邊三公里之遙的斗六郡大埤莊中埤部落黃姓家庭，那兒有大湖口溪、三疊溪和虎尾溪下游的北港溪穿越田畦。豐沛的濁水溪平原渠道餵養著繁盛的農稼，經過拓墾的沃土，早沒有荒坰野郊的閒地。當時的大埤莊泥地，已鋪設了運糖鐵道，北上茄苳腳區、穿越頂埤中埤、跨過大湖口溪，往舊稱「他里霧」的斗南接上縱貫路；南下華興溪，接往大林糖廠鐵道。被人使喚著勞作的媽媽，恐怕也不曾搭過兼營載客的五分仔火車外出遊玩或做工吧？莊外田埔，偶爾鋪滿二期稻作之後間作的肥厚刈菜和晚收的稻草堆。精明的虎皮蛙、澤蛙會躲在溼稻梗裡面，等著頑皮小孩掀起跳避。遠處乾燥的田土就聚集了咭咭唖唖的麻雀，老人們喊破喉嚨，驅趕這些分享零穗的雜鳥。

大埤後來成為醃製酸菜的故鄉，聞名全臺。這是戰後六〇年代政府以農扶工的推廣成果，也是媽媽出嫁後的社會時況。也許因此，媽媽常說給我們聽的不是芥刈工的繁華，而是蔗作，是家計。傍晚挑水煮飯、燒浴水，夜裡剁豬母乳、番薯葉，清洗灶下碗盤。晨起，煮菜飼豬，安頓好弟妹上學後，就到屋後大湖口溪洗衣，白天下田操勞，有時和鄰居「放伴」換工。看著三個弟弟兩個妹和黃家堂仲兄妹拎起布包上學，差別的命運讓無緣讀書的媽媽更加深了一輩子堅忍耐勞的個性。雖然從沒有說過疲累的話，但偶爾抱怨童年「查某嫺仔」的命運，對照出同儕不公平的遭遇。

這樣實作操勞的媽媽，為人子女的只能體會，怎可能從媽媽口中得到任何聒聒談論的「浪嘴花」。心靈對映裡，「無言」是因為現實遭遇太明確、太強烈、太苦了，還需要說啥？我們很少意識必須刻意找互相理解的話來說，血緣的內在連帶似乎超越了言語的世界。如今，媽媽已經老去，她的少女時代難以再瞥見的生命歷程，只有藉著被銘記過的物件和隻言片語去想像。但一幀舊照、一顆錮彩鈕釦、一條結婚紀念領帶，或是新書籍裡閱讀到的舊風土記載，都會幽微地喚醒母子所經歷的回憶。

近年，閱讀到姚嘉文所著人河小說《臺灣七色記》之〈洪豆劫〉，小說裡面的女主角洪豆姊，從唐山福建漳州常泰縣來臺依親，好不容易請領到落印乾隆五十二年二月的搬眷執照，搭船渡過「十去六死一回頭」的黑水溝，平安到了臺南外海，這在清代是何等好運。好運多舛，洪豆母女被騙往蔦林溪上岸，丟了銀兩包袱，幸得人救往蔦松街，三個月後死了母親，安葬於附近山頭。紅豆姊輾轉坐牛車到達笨港，沿著北港溪、虎尾溪流域，準備到斗六門九芎林尋找夫婿蘇四程，竟捲入歷史洪流林爽文事件。當洪豆在惠來厝莊找到渡口，準備擺過湍急的虎尾溪時，遇見了汛兵殺死被誤認為土匪的陪伴者，暈死在林頭叢的洪豆，意外給救回惠來厝莊番婆嬸家裡臨盆。文本藉著人際關係裡的拳頭師傅鋪陳天地會事端，並將故事延伸到大里杙兵變、宜蘭拓墾。這是一部虛構的大河小說，卻也是一件發生在我們的感情裡面，一個想像的藝術過程，一個心靈創造的文學世界。只因為字裡行間流動著讓我們悸動的細節，只因為筆端風土性靈來自我們生養之所出，所流洩的庶眾的呼吸感動了讀者。

來自虎尾溪畔養女身分的媽媽，曾經以少女的足履創造出山河端端緣緣，也是現在我們所見真實的朗朗景色。夜間寄身大湖口溪旁的土籬竹屋黃姓人家，日間俯仰於平原的麗日和風。日照刮風過女孩的身軀，社會漠視童權的內在制度也驅動她的手腳去做龐大的勞作。想看看媽媽攀爬過的寸土和杯水，攤開地圖看到現今的大湖口溪，源起古坑鄉山區，流經桂林村、華山村、永光村、崁腳村、麻園村、斗南鎮阿丹里、林子里、舊社里、明昌里、新崙里、大埤鄉豐田里、三結村埤頭中埤而流入北港溪。大地兒女盡有的是無止境耐操耐勞的性情，所流的血汗滋潤了河階的壤土。西部島嶼北回歸線一帶靠近中央山脈邊緣的丘陵是八卦臺地、斗六臺地、阿里山餘脈，這些丘陵的紅壤現今仍布滿綿延的蔗田，彷彿一點也不理會一九八〇年代末以來國際糖價長期低迷。

我是到社會工作後才知道，媽媽在少女時期經常從中埤沿著碎石泥路步行到山邊工作地點，女童工剝除著甘蔗枯籜，擔集紅壤裡的寸石，她跟隨大人成為農場長工。不經意間才拼湊出媽媽的童年粗微的面貌。載著她一同出遊踏青的午後，車行於著名的旅遊景點古坑綠色隧道，她說：「喔，就是這裡，做囡仔時必須用走的來，做工一次要好幾天才能回家。」我們經過的是古坑湳仔台糖農場，坐落於芒果樹成蔭的十字路口。從大埤莊的中埤部落灌溉渠之間，過了二重溝、他里霧、阿丹、東耕，沿著大湖口溪周邊支流，河岸間的碎石路多少人多少雙老少赤足踏平了路基！一位少女出門做工，工地離家二十餘公里，走路要一個白天。

不到二十歲，她嫁到惠來厝莊，據說在農團的長工圈太勤奮而被人早早作媒嫁入張家。記憶裡那幀媽媽的少婦照，清秀勻稱，散發淳樸的美麗，應是婚後所攝。我的查姆祖，像平埔母系社會一樣繼承祖產，在虎尾溪畔的良等則田十餘甲。然而新婦仍然落入操持農務舊路，不得一刻被人奉持的好命。錢財不稱心，總帶來命運轉折。父親因為賭氣田產的分配不明，婚後幾年就負氣離開原生家庭，讓新生家庭竟在惠來厝莊過著四處租寄、遷徙、流浪的生活。

夫妻先是相偕到濁水溪上游，用竹畚箕做洵砂、擔砂的零工。沒有砂工的日子，就會共騎仿製日本「富士霸王」的雙管腳踏車到林內淺山做收割鳳梨、荔枝、龍眼類的水果工人。有一陣子還批發鳳梨，承載於竹籠沿各村落叫賣。出門的午餐，夫妻從家裡帶一個錫製的大便當盒，滿飯和一顆煎蛋、漬菜。晚上回家，便當盒會裝回零散的龍眼，給小孩吃甜。老媽常常轉述鄰居暇時的笑談，小時候的我，亂拾門埕附近的雞屎鵝屎。因為要做工賺食，只好放任小孩在泥地自活。

後來因為父親服役時期同梯的幫忙，我們全家開始在舊虎尾溪邊賃地養鴨。仔鴨飼養熟成前的「神鴨階段」，需過著逐稻穫而居的生活。中型鴨走出了土堤駁岸的相思林，由東往西海岸，沿著嘉南大圳灌溉區一畦接著一畦的稻穫田，精力旺盛的鴨子吃的其實不僅是掉下的餘穗，蚯蚓、小蛙、小鬥魚、大肚魚……，大地賜給農家莊稼，也贊助飼鴨家庭的生計。逐稻穫而居的日子，我們全家田地裡搭起帳棚，一處往往要留宿三四天，早上醒來爸媽大哥大姊已經收好圈鴨的竹籠出門了。還記得幾次在帳棚邊朝陽下，我孤單抱著弟弟無助哭泣的模樣。

養鴨因緣，逐漸讓家庭經濟得到穩定的收入，家裡總算有餘力為前途打算。為了多賺錢，在商情生態仍無概念，斤兩算數仍不懂，仍害羞於吆喝買賣的實況下，從養鴨批發轉入雞鴨零售販賣。媽媽拿起小桿秤，鉛桶裝雞鴨屠體，蹲在市場邊做起生意，後來賃攤顧了二十餘年。

媽媽烙印我心的形象，不是家庭主婦，不是傳統農婦，卻也不是職業婦女。我的老媽，沒有主婦的溫賢、職場的精悍，也沒有農婦的馴和。她是大地的養女，人生困苦操勞而歷程充滿玄奇。作為女性卻從不塗胭脂，不抱怨艱難，彷彿有無盡無畏的對應勇氣和能量。原生家庭撫養子女奇妙的成長過程，也許成為我個人敏感的氣質而經常自溺於傷逝的情緒。我所有的求學歷程都離開媽媽的理解世界，而我自己也很少得到真實情義教育的啟發，一直到前中年接觸了教育學術方法，捫心自省引人低迴的剎那，彷彿媽媽授我神祕的感念力，總讓我有偶然的靈光：即使有無止境的折磨，我的媽媽會要我們勇敢、快樂、平實過日子。如同溪流與大地邊上一枝草一點露，人在塵起塵落間，什麼是尊大境界？誰又會是卑小人物呢？不要猶豫趕快到人生現場勞作，無需事事旁人所悉，自得其樂滴下汗水，才是尊嚴之道！

餘韻再賞

以文字為一生堅忍的母親留影、造像，〈農地裡的養女〉所鋪敘的，是臺灣早期農村社會許多無名女性的故事。簡言之，由於貧窮，也由於重男輕女的價值觀，更由於女性的生產勞動能量是一筆可貴的人力資產，因此作者母親於一九四〇年代，成為「虎尾溪農地裡的養女」後，便立即投入了農業生產的勞力市場。「無緣讀書」是她、也幾乎是那個時代廣大女性族群的命運。但作者母親並未自怨自艾，卻在這無可逃避閃躲的命運安排中，勇敢堅毅地以一種任重道遠的精神，婚前賣力工作，婚後除生兒育女、辛勤持家外，為改善生計，更將所有時間、生命與精力都奉獻給了工作。她自己吃苦，但卻「給小孩吃甜」，這個「甜」不只是文中所述裝在便當盒裡「零散的龍眼」，從象徵意義來看，更是家庭經濟改善，兒女們可以「為前途打算」的隱喻。全文平鋪直敘，非常具體寫實地刻劃了一個樸素勤奮、終生奉獻的女性形象，也堪稱是人子向母親致敬的溫暖篇章，讀來令人低徊。

本文作者母親蔣夏蘭女士年輕時留影。

沒有鞋的女孩

文、圖片提供‖羅智強

一個周末夜，妻帶大女兒敏敏回高雄娘家，我的母親則來家裡幫忙我一起照顧小女兒扉扉。

「媽，妳去過一〇一的觀景臺嗎？我也還沒去過，不如，我帶妳和扉扉去一〇一看夜景吧。」當我這麼提議後，母親也欣然同意。

上了觀景臺，母親似乎對夜景沒有太大興趣，就走馬看花的隨興逛著。

「咦？這是大陳島的照片嗎？」母親驚訝地問。原來一〇一觀景臺正同步展覽著一些歷史照片，其中一個展區，就是在展覽大陳撤退時的景象。

我的母親叫蔣夏蘭，和我父親一樣都是大陳人，在一般人的認知中，國共內戰在一九四九年劃下了一個時代的句點。國民黨戰敗了，帶著大批的軍民來到臺灣，展開新的生活。但對我的母親來說，這個時代的分割點要再往後展延六年到一九五五年。江山失守後，國民政府做了一個改變我母親命運的重要決定：將大陳島所有的居民，都撤到臺灣來。於是，一個九歲大的小女孩，就這麼懵懵懂懂的和家人一起迢迢渡海，來到了新世界。

說起蔣夏蘭，「勤勞、能幹、強韌、固執」，認識她的人，大概都會得出這樣的印象總結。母親的這些人格特質，一部分來自天性，一部分則是來自幼年艱困的環境。

「家裡窮，十二歲前連鞋子都沒得穿。」母親說。在大陳島，冬天有時還是會冷到下雪，赤足走在半泥半雪的土路上，滋味可不好受。

而沒鞋穿的這件事，後來竟也變成母親不肯上學的原因。

「來到臺灣後，我們家被分到花蓮，我進小學，從小學一年級讀起，每天打赤腳上學讀到三年級，學校的男孩子見到窮人家的孩子會刻意欺負，有一次他們放狗追我，我很害怕，從教室爬窗想逃，結果跳下窗戶時，腳被一根尖刺刺穿。」母親說：「從那時候開始，我決定再也不要上學了，我要去賺錢，靠自己買一雙鞋。」

外婆要她去上學，她不依，就乾脆逃家。於是一個十二、三歲的小女孩，便隻身走遍了臺灣很多地方，大半是到有錢人家裡去當傭人，幫忙洗衣、煮飯、打掃。因為母親天生勤快加上廚藝更是一流，很得雇主的照顧。這樣流浪的日子，直到嫁給我的父親才改變。

父親當了一輩子的工人，從造橋開路、搬磚蓋房、裝卸貨物，什麼粗活他都做過，全省各地，哪裡有零工可打，他就過去。有時父親會對孩子們提起他的「作品」，中橫開路他有參與、哪一座發電廠他在那裡當過工人、臺北的某某大樓是他蓋的等等。

嫁給到處打零工的父親，家庭的經濟當然相當困苦，但母親的勤勞刻苦與節儉持家，卻讓她的孩子不愁溫飽，她的好手藝後來往繡工上發揮，到處接家庭訂單，就在家裡一邊照顧孩子、一邊縫縫繡繡以貼補家用。母親告訴我，她在懷我的時候，還是不眠不休的趕繡工，就在快臨盆前不久，她還挺著大肚子、騎著腳踏車去拿布料，結果一不小心就摔進了溝裡，她那時痛得爬不起來，曾有一次流產經驗的她，還以為保不住我了。

記得小時候，我看到一張舊照片，照片裡有幾個小孩子，裡面只有我哥哥穿著整齊的新衣服，還有一雙漂亮的皮鞋。母親說，她和爸爸再苦也無所謂，但她一定要給孩子最好的。我想，一方面，這是母親好強不服輸的個性使然，另一方面也是因為母親想起小時候沒鞋穿的苦，對她來說，讓她的孩子有鞋穿，或許是母親內心裡化不開的執著吧。

雖然母親只讀到小學三年級，學業就中輟了，但她對孩子們的教育卻是非常重視，無論如何，也要讓孩子把書讀好。母親的邏輯和同一代的其他父母一樣，認為如果孩子沒有受到好的教育，就會像他們一樣過

羅智強父母——羅阿土先生　蔣夏蘭女士。

羅智強（被母親抱著的小男孩）與雙親、大哥合影。

著很辛苦的日子。

說起大陳島的生活，母親說，她只記得很苦很苦，吃也吃不飽、穿也穿不暖，其他的事，印象都很淡了。但有兩件事她卻是記憶深刻。這兩件事都和在大陳島駐防的軍人有關。

「那時候在大陳島的軍人大多是從外地來的，說的話和我們不一樣，我覺得很好奇，很喜歡去模仿他們講話或走路的樣子。有一次，有一位阿兵哥拿著海螺在吹號角，我學他的樣子在旁邊嗚嗚嗚的叫著，結果，他一腳飛踢過來，就把我踢昏了，我的腳被踢開了好大的口子，血一直流不停。」

雖然有這樣不愉快的經驗，但母親也說，她在大陳島時，收過最棒的一個禮物，也是來自一個從外地來大陳島駐防的阿兵哥。

「我上頭有四個姊姊，因此，我從來沒有穿過新的衣服，我的衣服都是大姊穿過給二姊、再給三姊、再給四姊，然後再給我穿，上面縫著滿滿的、數也數不完的補丁，簡直快看不出那是一件衣服。」母親接著說：「但有一個阿兵哥對我很好，有一次，他把一件軍服重新染過後送給我，我那時候開心的好幾天都睡不著覺。那件衣服穿在我的身上完全不合身，大的很古怪，但卻是我唯一一件在上頭沒有補丁的衣服。」

對一個不滿十歲的小女孩來說，最大的心願就是一件沒有補丁的衣服。

雖然母親是如此強毅的人，但她卻曾經罹患重度憂鬱症長達十年。親友們都無法想像，像她這樣一個彷彿是「鋼鐵長城」的女人，怎麼可能倒下？

一九九七年，父親罹患癌症，對母親而言是一個重大的打擊，而同時，我和哥哥都想轉變職涯，我考上了高考，進入號稱「鐵飯碗」的公家單位，卻決定辭職，後來還遠赴高雄去參選市議員，想走從政的路；哥哥是職業軍人，也毅然決定離開軍職，去外頭闖蕩。在父母親那一輩的眼中，哥哥和我的決定，是他們無論如何都無法理解的，「離開一個收入穩定的安定工作，只為了一個不著邊際的想法。」但哥哥和我的固執很顯然是從母親那兒遺傳下來的，把孩子與家庭當成生活重心的她，無力改變我們的決定，只能默默承受所有的壓力，然後等著這個壓力超出她能承受的臨界點，便走進了憂鬱症的深淵。

母親的憂鬱症一直持續了將近十年，直到我和哥哥的工作漸漸穩定，不再讓她擔憂後，有一天，她就忽然不藥而癒。

「你看，照片上的船，我就是搭這種小船接駁到軍艦然後坐來臺灣的。」母親對我解說著。

「啊——這是梁阿姨的媽媽啊！這裡竟然有她的照片。」母親又指著一排大陳女子抱著襁褓中的娃兒餵哺的照片，指著其中一個女子驚嘆地說道。母親還立刻拿起手機，撥給親戚，報告她的發現。

我看著母親神采奕奕透過電話向親戚分享這一段憶舊的驚奇，又看著坐在娃娃車上，不斷好奇打量著四周景物的小女兒。我忖量著，歷史之河是如何把這中間所有的悲歡離合、憂愁快樂，一點一滴、鬼斧神工地連結起來。曾經擁有的、曾經錯過的，都已是回憶的一部分，無論如何，我想最重要的是，在這個周末夜，母親和我還有小扉扉，在臺北炫炫燦燦夜景的圍繞中，這片刻的幸福，也將收進我們三個人的記憶行囊裡。

餘韻再賞

〈沒有鞋的女孩〉一文，與一般感懷親情或追憶政府播遷來臺的散文作品相較，其特殊處在於作者父母都是大陳人。一九五五年大陳義胞集體南遷，是中國近代史上最後一個「唐山過臺灣」的故事。作者母親隨家人來到臺灣時，只是一個懵懂的九歲女孩，而成長歲月中最能凸顯其貧寒困境的，便是她是一個「沒有鞋的女孩」。於是，正如文章篇名所示，作者乃著墨於「鞋」的主題發揮，細述母親十二歲前沒穿過鞋子的辛酸歲月——童年在大陳島，冬日只能赤足踩在冰凍路面上行走；初至臺灣，就讀花蓮某小學，因無鞋遭人欺負，更因躲避霸凌被尖刺刺穿腳底——沒有鞋的女孩自此不願再重返校園，放棄學校教育的她，決定自立更生，開始辛苦掙錢養活自己。全文細述母親閃動著淚光與汗水的一生，而以其苦盡甘來的人生現況作結，暗示「沒有鞋」的歲月遠離，幸福感已收進母親與家人的「記憶行囊」，令人感慨其前半生坎坷之餘，實亦不免為其晚景幸福深感欣幸，是一篇行文樸素、不假雕飾、筆尖卻飽蓄情感的文章。

就讀海星女中的母親（前立者）。

將山海的影子，風乾

文、圖片提供‖楊美紅

也許你曾經像我一樣，在初懂人事時，偶然翻閱到一本老相簿，從此改變你對時光的看法，被迫提早接受光陰的啟蒙，那樣的相本，家家戶戶大概皆有，我暫名為父親母親的青春相簿。

在翻開相簿前，我從沒想過眼前日夜為生活辛勤忙碌如工蟻般的父親母親也曾有過強說愁的青春，也曾是懵懂無知的青少年，也曾喜怒哀歡難以捉摸，是的，幼年的我們難以想像整日在廚房張羅吃喝、接送孩子上下學的老媽子，也曾經是個如我們一般的孩子，穿著白衣黑裙在女校裡嬉鬧。

直到小學畢業前，我才在母親的梳妝臺抽屜裡，看到她裝載青春回憶的相片，那一張張巧笑倩兮的青春笑顏，讓我感到困惑與震撼，在驚喜之餘卻又湧上莫名的惆悵。

時間，竟然就這麼過去了。

我在黑白光影裡，努力搜尋母親的青春。

地點：花蓮，海星女中。

相片背景在天主教校園，翠峰疊巒，雲影天光，東海岸臨太平洋與中央山脈的佳美之地藏著這座灰樸校園。

聽不聽得到海濤拍岸？不記得了。

倒是山，哪裡都能看到。

不論是校長、修女帶著貴賓進行的校閱，還是同學間的合影，背景除了操場、校舍，多數還有更大更高更遠的山頭，把底色全給蓋上，顯

校長和修女校閱。

校園合影，下方可見一群修女，
後方為山頭。

1960～1970年代的海星女中，校園合照可見
山嵐籠罩山。

得其他屋舍人物都變得渺小。

從小生長於嘉南平原的我，難以想像那種一睜眼便能看到中央山脈疊巒起伏與太平洋湛藍無涯的山海氣魄，更無緣日夜眺望山嵐在天際若隱若現的神祕徘徊，在那樣峰絕海崗的環境裡所孕育的孩子不論走到何處，在血液裡總帶著亙古的山海鄉愁。

我母親的兄弟姊妹便是如此，那人生最重要的國小國中高中的求學階段，他們恰好趕上了我外公外婆遷調到花蓮的日子。

我母和阿姨為雙胞胎，出生在新竹，外公外婆是來自江蘇的公務員，他們來臺後待過的公務員日式宿舍，北起桃園、新竹，一路往南至斗六、嘉義、臺南，再繞至花蓮，最後返回臺南，其中尚不包括有一人獨自借調到他方工作，暫且不帶家人同行。

在那樣說不上顛沛，但有幾分「流離」的島國遷移史裡，臺南無疑是最後也最久的落腳處。若要細究深切的鄉愁之情，我的阿姨舅舅們又多對花蓮情有獨鍾，他們有人說死後要葬在那面向太平洋的綠色山坡上，有定居美國者最為思念的是花蓮的山光雲影，我們這一家族還真的又回了一趟花蓮尋找當年居住的日式宿舍。房屋拆了，但蓊鬱山林還在，七星潭依舊美麗，而我在車子駛入花蓮市區前，也看到了那出現在照片裡的海星女中。

多數照片裡，母親總是和一群死黨合影，有女學生們分食生日蛋糕，在飯廳裡打鬧推擠爭食大鍋飯，好一幅青春無敵的狂放談笑。

想要沙龍照，也有，多在校園角落獨照。學生氣質出眾，純真無憂如瓊瑤書裡的主角，更何況還有修女不時巡視校園，為照片增添幾分宗教神聖氣息。

小時候，我母親帶我們看電影《真善美》，總會想起學校裡的修女。

「以前學校有位修女好漂亮，大家都想她長得這麼美當修女好可惜，果然來學校服務不久，後來又悄悄還俗，脫下修女袍和人結婚了。」這是我印象中最深刻的修女「八卦」，若此回憶為真，想必女學生們也曾為此羅曼史沸騰不已，但落跑修女天人交戰的心路歷程恐怕只有當事人才說得深刻。

除了修女，關於花蓮最頻繁的話題仍落在天災地變的瞬間。

花蓮颱風地震何其多，日式宿舍木構造簡單，每逢發布颱風警報，幾乎是全家動員各自就戰鬥位置，我母回憶，「那時候為了不讓門、窗飛走，兄弟姊妹是徹夜不眠的拉住門窗，別提上廁所，連吃飯也不敢。有一回除了颱風，竟然還有地震，即使房屋搖搖晃晃，還是得護住一扇窗，外頭強風豪雨，根本不敢往外逃。」當然，人類在這種天災來襲時，往往能激發出奮力一搏的意志與勇氣。

不知是否如此，對於地震、颱風，我母總比別人多分警覺，且自然而然的將臺南的少震少颱視為風水極佳的定居之所。即使如今環境丕變，災難成因與造成結果不盡相同，她仍認為這和當年蝸居於木造平房裡拚死捍衛房屋不被吹倒的時光相比已好上太多。

儘管臺灣如此小，但她的結論往往是：還是臺南好。臺南成了移居者最好的選擇，而在另一端可供咀嚼比較的往往是花蓮。花蓮，就此成為原點，鄉愁之所在。

在那一趟家族前進花蓮的「尋根之旅」，我的阿姨們想起更多成長的記憶，那些隨著時光推移而漸被遺忘的往事，在物換星移的樓起樓塌遺址上，開始被述說。他們想到發生在那日式宿舍裡的病痛哀歡，想到我母國小時便因腎結石劇痛而半夜送醫，想到附近診所使用不潔針頭而導致肝炎，想到我二舅日益偏執的妄想已經無法收拾。那裡彷彿有著命運事先暗藏的伏筆，只是被人們刻意的遺忘。

後來，外公調離花蓮，家中人口漸少，謀職轉學者陸續離開前往島國西部。

那時，我外婆依舊騎著腳踏車上下班，送小女兒上學時，經常繞往海邊看著太平洋，望著大海深處無言的美麗，山與海隔絕了所有親人，她卻依舊堅韌，懷抱著對新生活的希望。

在一個母親的眼底，那是太平洋最為蔚藍深邃的光景，亦是讓人懷有原初孤獨哀愁之天地。

或許因為如此，我們從未離開，並且聽任血液裡對山海的鄉愁一而再的召喚，一路引領我們重返那心中從未消逝的迦南美地。

餘韻再賞

此文標題〈將山海的影子，風乾〉，頗令人想起詩人夏宇傳誦一時的小詩〈甜蜜的復仇〉——「把你的影子加點鹽／醃起來／風乾／老的時候／下酒」——此一不滿二十字的小詩所傳達的訊息乃是，將愛人身影永遠保存在記憶中，及至年老，再慢慢回味之意。不過，沿用夏宇此詩意涵，本文所述欲加以「風乾」、永遠儲存在記憶中的「身影」則是花蓮的山與海。全文從作者無意發現母親中學時代照片寫起，驚詫之餘，難以置信終日為生活操勞的母親，竟也有過浪漫多姿、洋溢青春色彩的歲月。而母親少女時代是在花蓮度過的，雖現今全家定居臺南，兼以花蓮多颱風、地震等天災，但在母親，甚至母親兄弟姊妹心中，蔚藍壯闊的太平洋、雄偉磅礴的中央山脈，卻是永難忘懷的記憶場景。為此作者家族曾重返花蓮進行「尋根之旅」，並得到如此結論——即令物換星移，故居難尋，但，花蓮，仍是他們「心中從未消逝的迦南美地」。作者以一枝感性之筆，追憶家族前塵往事，以花蓮為背景，充滿地理感，實堪稱餘韻無窮。

整修中的嘉義監獄。

等待說者之地
——母親憶記嘉義舊監宿舍

文、圖片提供 || 劉雅郡

在嘉義有這麼一條街道，擁有燦麗招牌的大型診所緊鄰壞損不堪的廢墟大樓，布爾喬亞式的雅致樓房與低矮破落的小屋並置，新建公園對面是幽深的老村落，白日經過你也許只是納悶這大路上風景怎會如此不和諧，夜晚從極亮處走來，經過疏疏落落的燈火，然後抵達黑暗。就在那漆黑快要到底時，往右側望去便會見著一白牆綠門窗的巨型建築，上頭斑駁橫排字題著「臺灣嘉義監獄」。

這兒是維新路，幾年前叫作維新街，更早以前據說只是條大水溝，水溝上橫跨座小橋讓人走。

自嘉義監獄於民國八十三年遷往嘉義縣鹿草鄉，維新路上的監獄原先作用不在，改設為「臺灣嘉義監獄嘉義分監」。而後這建於日治時期的老建築歷經拆與不拆的爭議，在關懷在地文化的各界人士齊心努力下，「嘉義舊監」終於在九十一年被公告為市定古蹟，九十四年升列國定古蹟，並規劃成立「獄政博物館」。

舊監右側隔著圍牆可見一棟灰黑色的平凡建築，從前它是看守所，是我外公的工作單位。可自我有印象以來，那裡早已不見一絲人跡，孩子間傳聞裡頭鬼影搖曳。一次，曾與表哥們大著膽子進入，只見每個邊角都厚厚積層灰，空氣裡沙塵滿布又有著濃重霉味，我們雖沒遇見鬼，卻是讓四處溜竄的老鼠嚇得一哄而散。

想來也有些不可思議，監獄與看守所這樣陰慘慘的場所旁，竟是多戶尋常百姓的住家，這些人一住就是幾十年，不僅日夜在此作息，甚且讓家族開枝散葉。這些人，包括我母親一家七口。

母親自小就生長在這個他們稱之為「宿舍」的地方。宿舍裡頭住著當時任職於舊監、看守所及法院的公務員們及其家眷，人事風景大抵與眷村類似：各樣鄉音流轉在蜿蜒的巷弄；孩子在這兒那兒跑著跳著；年節裡家家戶戶包餃子晒臘肉；還有每個閒來無事的下午，婆婆媽媽聚集巷口交換八卦瑣事。當然，這些年湮代遠的種種，我只能在聽大人們口述之後，以眷村主題拍攝的連續劇情節湊搭著來揣摩。

然而，這兒與一般眷村又有極大不同。

先說有次遠親來訪，我滿心歡喜帶著那位與我年紀相仿的小姊姊到村子口劉爺爺家採桑椹，途經舊監門口她有些卻步，我像哄小孩般不

母親自小就生長在這個他們稱之為「宿舍」的地方。

斷對她說著：無所謂的、平時我們都在這兒玩耍、裡頭不會有人出來，她才怯生生地前進。聽說之後的她連續一周夜半皆遭遇夢魘，從此與家人沒再來過。那是甜桑椹沒法稀釋的，關於罪惡與暴戾的恐懼，我從此就這麼記著。

可難道——像我母親這

樣自小貼近幽暗角落的人，是因浸淫在監獄旁的詭譎氣氛中過久而感知麻痺，以為這即是澄清與太平？不不不，不是的。母親說過這麼一段故事，某個晚上監獄裡有收容人滋事，那動盪氣息光是遠遠傳來就足以撼醒宿舍裡熟睡中的每家每戶，接著外公匆匆將外衣披上，攜著槍走出家門。不一會兒，被窩中的母親連續聽見幾聲砰砰砰響起，再也不敢入眠。後來，她才聽外公說，那叫作「對空鳴槍」，是嚇阻用的，最後沒有人死也沒有人傷，別怕。

除了不見月光的幽森夜晚，母親也說那些在亮敞敞的白天裡發生的事。監獄的會客時間，大約是由純粹的黑與灰構成的禁錮悲劇中難得的彩色片段。母親印象中的這些時刻，監獄外頭廣場除等候入內的家屬，還有零零星星的小攤販，賣香菸、檳榔、香腸、綠豆露等等。廣場左側有座紅涼亭，看守所門口也搭了個蒙古包，若不想讓豔陽晒冷風颳，也不需以走來踩去消散待會兒要入內的緊張，便可在涼亭和蒙古包裡頭休憩靜候。

彼時的母親自是不會想到，有一天，在外頭等著進入監獄的人，不再是為著服刑或探監，而是參觀與見習。這些人面色並不凝重，反倒睜著晶亮的雙眼好奇打量這全臺僅存的日治風格放射狀監獄建築，甚至興奮體驗那模擬的「入監服刑」。有次與母親談起這事，她有些漫不經心地說：「雖說是珍貴古蹟，但這麼做難道不會心底發毛嗎？從前我爹還三番兩次要我離他工作的地方遠一些的。」我在心中忖度著，除了對古蹟的濃厚興趣，這些人或許也對自己的凜然正氣有著牢固的信任，所以不會迷信不會怕，而這就是真正的自由了。

我沒有忘記在我仍懵懂地將外頭世界想像成無限巨大的小時候，有次偶然在舊監前廣場見到規模極大的戲劇拍攝團隊。那時，舊監的周遭環境已是接近靜止樣態，日常時候並無太多人事湧動，因此當我遠遠望著那紛亂的人進人出，心裡是既訝異又有些悵然，微微預感著：這些人很快就會離開了吧？就像年節時候小舅一家從臺北回嘉義，大夥兒熱鬧開心個幾天，他們也很快就離開了呀。

的確，沒有人真正在這兒久待，除了不得已得繼續待在這兒的人。

當悠悠年歲不知不覺行進地離母親的童年很遠，那宿舍村子裡已是老者凋零、少者不在，地上的雜草放肆地抽高生長，高處的樹蔭無止盡向四方延展，各家門口的春聯標記著的是離去那年的歡欣，上頭的字跡年復一年地淡去，只有在極少的時候，這些人會再重遇彼此。

在我國中時候就有這麼一次，不經意地見證了現下時光與母親的童年軌跡重新勾上。那天當我畏怯地拿著請假單至教官室，要讓那位平時不苟言笑的教官簽章准假，蓋章前他細細看了母親的簽名及上頭寫的戶籍地址，抬頭問：「你母親娘家是不是就在維新路的舊監宿舍？」

之後的那個年假，我意外地在村子裡碰見返家的教官，母親要我喊他「舅舅」。印象中那是個家家戶戶都擺了酒席的夜晚，一個鐘頭後我在家門口見到醉酒的「舅舅」正胡言亂語閒扯著繽紛過往，接著是由家人攙扶著回家。後來，我還是經常在校園裡遇見「舅舅」，照例我得喊聲「教官好」，照例他會神情嚴肅地點個頭。可當我每個朝會站在太陽底下瞇著眼感覺汗水不斷要滲進眼裡，同時聽著臺上的「舅舅」正經冗長的訓話，或者又聽見哪個同學抱怨王教官是如何如何地刁難他們，腦海裡就會浮現那晚他在醉酒狀態咕嚕嚕說話的模樣。

至今王教官的父母親王爺爺與王奶奶仍住在宿舍老屋子裡，沒選擇搬遷與兒子同住的理由當然包括對老屋子的眷戀與不捨。偶爾經過會看見王奶奶站在外邊烘暖的陽光下與人說話或是晒衣裳，我以為，靜寂的午後就這樣的畫面最是美麗。

在舊監宿舍這樣壓縮了幾十年光陰的空間裡，沒說出來的故事應當還有許多。隨著嘉義舊監修復工程漸趨完成，必定會有更多人願意前來，他們見到的建築會因這些年受到了妥適照護而映射出新舊時光交疊的光芒，但關於那周邊的人事景致，即使相較之下顯得坑洞滿布、鏽色斑駁，在這樣滔滔滾動的世界裡，還得讓它們留下才行哪。

餘韻再賞

這是一帖追懷故居與歲月滄桑、但同時卻也不忘瞻望未來的篇章。作者敘述其早年故居所在，為嘉義舊監獄員工宿舍。嘉義舊監獄是日據時期老建築，民國八十三年舊監獄遷往鹿草鄉後，原址已被列為國定古蹟，且正規劃籌建「獄政博物館」。在如此物換星移的背景下，兼以監獄本身所獨具的特殊屬性、禁忌與聯想，許多非外人所能想像、但卻是作者成長經驗中確實存在和發生的故事，便成了本文敘述的重點。作者書寫這些被時光塵封的故事與感慨——例如，甜桑椹無法化解、稀釋人心中對罪惡與暴戾的恐懼，受刑人滋事、執法人員鳴槍示警的不安夜晚，監獄會客時間的喜劇色彩，乃至舊監宿舍近似眷村世界的風情面貌等，莫不生動。不過文中最動人的，還是作者透過監獄意象和現實世界之對比，對「自由」所作的詮釋，以及王奶奶在「烘暖的陽光下與人說話或晒衣裳」的家常溫馨畫面。至於作者不落言詮、揭開道貌岸然教官面具的一段，則令人忍俊不禁。全文運筆靈活，呈現今昔對照，並展望嘉義舊監不復往日陰暗的新貌與未來，內涵豐富，頗值深思細品。

圖片提供‖張靖梅

一邊難以負荷
一邊靜默生長的力量

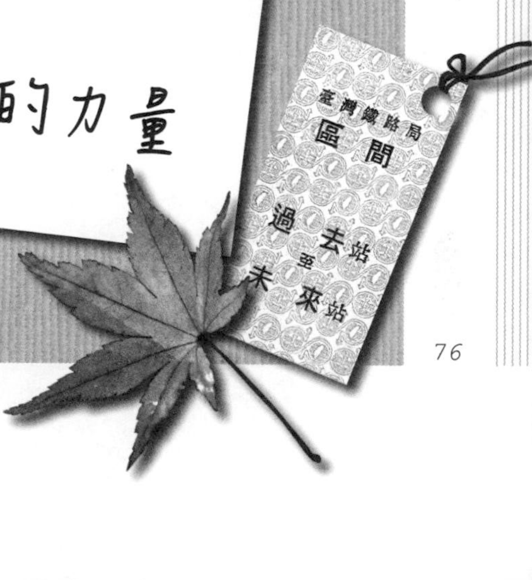

文‖郁馥馨

國道六號開通以後，這個以檳榔著名的小鎮愈發顯得蕭條了。數十年來，唯一的馬路是拓寬了些，馬路兩旁的房子從平房變樓房，種種改變猶如不變，只有後來一家便利超商點綴其中，彷彿這樣才跟現代文明沾了點邊。它那傳統、保守的氛圍還帶著一種寂寞的姿態，老實、靜默，一如所有的鄉間。

雙冬。那是媽媽的故鄉，也是我出生的地方。我在那兒待到八歲小學二年級才離開。我們住在當地小學旁的一棟民宅，現在小學還在，那座民宅已經被到處瘋長的姑婆芋所占據。很多事我還有印象，那時候我就是個多愁善感的孩子，為了家裡養的一條黃狗被媽媽賣掉，無能為力看著被關在鐵籠裡跟我一樣無助的哈利而淚流滿面；也記得為了逃躲媽媽的責打，我跑她追，橫跨過大半個學校操場。他們還告訴我，我是個貪吃愛哭的孩子，有回跟媽媽上市場買菜，為了想吃一根五毛錢的甘蔗，她不肯，丟下我就走，我一路跟在她背後哭回家。

這個因檳榔而著名的小鎮，並沒有因檳榔而繁榮起來。但我記得它也曾經熱鬧過，每一年夏季的廟會，不斷湧進的人潮讓這個寂靜的小鎮忽然顯得水泄不通，那座人煙罕至的小廟成了眾人關注的焦點。但我至今都不知道那座廟宇供奉的是什麼神。小小年紀的我也並不關心廟宇門口搭起的戲臺演的是哪齣歌仔戲，最好奇想望的其實是戲臺下正準備粉墨登場的演員，我喜歡從那些遮掩不密實的布幔的縫裡偷看他們，莫名心裡就有一種戲如人生的模糊概念。還有大大的粉紅鬆軟棉花糖，甜絲絲的像童年美好的夢境成真。及至長大，人和心早就飛得好遠好遠，但仍喜歡穿梭在嘈雜人群中，冷眼旁觀那種熱鬧；或者買那種有大辣口味的燒酒螺，好陪著外公喝竹葉青下酒。

外公是個典型的臺灣大男人，脾氣暴躁、易怒，對兒女嚴酷、甚少慈愛，我媽她們姊妹對自己的父親總是有很多抱怨，再加上幼年失恃，繼母有了自己孩子以後，對她們漠不關心。我的曾祖母重男輕女，對她們也是動輒打罵，她們完全是在一個沒有愛的環境中長大。不知道是性格影響還是環境造就，導致他們幾個兄弟姊妹成年成家之後，都以同樣的方式去對待自己的子女。我後來才明白，他們不是沒有愛，只是不善於表達感情，從來沒有人教他們怎麼去愛人，他們習慣用冷漠的外表和言語的粗暴來維持自尊和捍衛自己的所有權。

外公雖然對子女態度嚴苛，對孫子倒是異常和藹，還特別喜歡我。我每次去，不只可以陪他喝酒，受日本教育、喜歡讀三國的他，最喜歡拿一些生僻字來考我這個中文系出身的人，不管念對念錯，平常嚴肅的他總會樂得哈哈大笑。那時整個家族藉餐敘和酒意堪稱歡聚一堂，讓我有種踏實的感覺，還會滋生出一種要盡情把生命進行到底的力氣。

媽媽和她的幾個姊妹都說，等外公過世，她們就不再回雙冬了，彷佛她們回去只是一種責任。繼母跟自己又沒有血緣關係。外公真的過世後，她們終究還是回去了。因為現實有太多的不滿，她們必須有機會相互傾訴。後來發現繼母其實不全是壞的，明白她當年嫁到這樣一個家庭裡，也很為難、也很辛苦。舅舅和兩個小姨雖不是同個母親所生，但比起外人，畢竟是同一個父親。每次都說不去，每次還是都去了。

這裡的蕭條和寂寞是有道理的，鎮上的年輕人都走得差不多了，剩下老人和小孩。走出去又回來的，就像舅舅，守著最後的祖產和千篇一律的生活。他比外公還顯得嚴肅，你很難從他的冷漠察覺出他真正的心情。最早他在臺中賣檳榔，外公、外婆年紀大了，為了就近照顧，他把僅有的一塊田產改成魚塭，希望做成休閒釣魚場，也開過餐廳賣過牛肉麵。幾個姊妹背後數落他，笑話他十做九不成，怨怒他小時候仗著祖母疼愛，欺負她們這些沒媽的孩子。

九二一大地震之後，老宅整個倒了，至今還不能重建起來。以後我們去雙冬就直奔舅舅的魚塘，雖說是簡易的鐵棚架搭設，但視野遼闊，周遭的魚塘和遠處的群山都很讓人賞心悅目，比起老宅的昏暗和陳舊，確實讓人心境開闊許多，但是蚊子也多，我們經常一邊拍打蚊子一邊笑罵。我看著媽媽和她的姊妹說起很多原本不堪的往事，說著說著眼淚卻都笑出來了。時間是治癒傷痛的最佳良藥，剩下的回憶如此雲淡風輕。度不過去、想不開的，都是現實。

每一個人的現實都不容易，如果不是最親、最牽掛的人，怎麼會如此相互折磨卻又不忍真正離去呢。

我這次回臺灣，因為某些事，媽媽生我的氣，我一進門就見她陰沉著臉，如果我不叫她，她看都不會看我一眼。天下的媽媽不一定都是一樣的，她們有個性，也有脾氣，但是她們肯定不會不愛自己的子女，只是她的愛是那麼自我和蠻橫，經常讓我感覺難以承受。

過完年後，我離家那天，她啥話都沒說，只是默默地給我一瓶雞精。我喝了以後，分別去擁抱她和爸爸作為告別。她其實很不自在，我也不自在。如果不是現在弟弟一家人和他們兩個老人家住一起，我走到哪裡，即便自由，心裡還是牽掛。但現在我也年紀老大，很多事、很多情緒，我常常自己都負荷不了，也許要讓媽媽感覺快樂，我必須自己先快樂起來，才能承受得起她那些冷嘲熱諷下深深掩藏的關心和不安全感吧。

我希望她快樂，希望每一年初二都能陪她回娘家。儘管她們幾個姊妹又都言之鑿鑿的說，只要外婆過世，她們就不會再回去了，但我知道她們還會回去，畢竟根在那裡。人跟人的感情很微妙，雖說相互埋怨著，卻也相互關心著。特別是親情的糾葛，恐怕就是千刀萬斧也切割不斷。

是的，經歷九二一大地震，當時從舅舅的魚塘看見九九峰光禿禿一片，令人觸目驚心，如今已是青青山脈，連綿不絕。再寂寞的地方，也總有一種萬物生長的力量，即便很緩慢、很輕微，仍是個踏實、安定的所在。

餘韻再賞

本文篇名〈一邊難以負荷　一邊靜默生長的力量〉，乍看之下，似乎難以理解，但讀畢全文，作者透過其家族故事所傳達的訊息卻呼之欲出。簡言之，作者所欲傳達的訊息，或說標題所指稱的「力量」，一言以蔽之，其實便是──愛。全文從母親的故鄉，亦即作者的出生地雙冬──一個以檳榔著名的小鎮──切入，透過其個人在雙冬的成長歷程，既描述了母親家族間錯綜矛盾的情感牽繫，同時也透過自己返國與母親產生磨擦的事件，指出「如果不是最親、最牽掛的人，怎會如此相互折磨卻又不忍真正離去呢」。而在外公嚴酷家教下，導致母親及其兄弟姊妹屢以「自我和蠻橫的愛」來對待彼此和子女的現象，作者的解釋則是「他們不是沒有愛，只是不善於表達感情，從來沒有人教他們怎麼去愛人」。本文最可貴處，便在作者這種總以善意和陽光取向的角度去看待家人的敘述，而文末以九九峰歷九二一大地震浩劫，從當時黯淡光禿一片到現今「已是青青山脈，連綿不絕」，實亦充滿光明希望的暗示。總之，全文讀來溫柔敦厚，誠懇蘊藉，令人印象深刻。

作者李儀婷與母親合影，照片中亦可看見臺灣經濟起飛的樣貌。

帽子母親

文、圖片提供‖ 李儀婷

我成長的地方和我媽一樣，有個很美的名字，叫「田園花都」。「田園花都」就位在臺中太平的一處荒煙漫草之中，暗夜打開後門，還可以看見整片螢火蟲拖著熠熠的亮光，在夜暗中閃耀著。

然而除此之外，「田園花都」別說田園，連一朵花兒都沒有。之所以叫田園花都，全都是為了滿足當地居民的期待。老里長說：「就是因為一片荒涼，什麼都沒有，才可以打造咱們心中的理想家園嘛。」老里長露出滿嘴的爛牙，對著初來乍到的新移民解釋他對這塊土地的願景。

然而，比花兒更早進駐我們居住環境的，不是鳥語也不是花香，而是一間像怪獸一樣，用鐵皮搭蓋專製外銷的帽子工廠。

那年，我的年紀剛剛搆得上進幼稚園的門檻，我媽不知道是嫌我太煩還是為我的未來著想，早早的幫我報名了，但是我媽不知道是太想念我還是不習慣沒有我，只讓我參加了開學典禮，就將我接回去了。

那天我媽是帶著帥勁的運動帽來接我的。

我媽牽著我，順著竹林小路一路步行了十幾分鐘後，來到了一棟偌大的綠色鐵皮建築前，門上還掛著「祥光製帽廠」的牌子。

我問我媽，不回家嗎，來這裡幹麼？我媽用手攏了攏新潮的帽子前緣，說：「回去做什麼，現在是你上幼稚園的時間，以後這裡就是你的幼稚園，知不知道？」我不知道我媽到底在說什麼，我抬頭看她，冷冷的回了句：「你以為我是笨蛋嗎？」只要還有一點腦袋的人都知道，那間房子絕不可能是幼稚園，因為那裡沒有一丁點孩子的嬉鬧聲。

但事實上，後來那裡面不只有小孩，還是孩子遊樂的天堂。

當時，我媽不但沒搭理我說的話，還刻意鬆開我的手，獨自走進那個張著大口的綠色怪物裡去了。

面對著怪物似的大嘴，我轉過身想回家，但展開在我面前的卻是一條對四、五歲孩子而言，漫長而陌生的道路。不得已，我只好硬著頭皮跟上我媽的腳步，進入那幢看起來有點恐怖的房子裡。

工廠裡不像想像中那麼黑暗，反而有一種窗明几淨的感覺，裡頭擺滿了各類製作帽子的針車機具和工作檯，以及忙碌工作的女工們。

針車運作「噠噠」的聲響，充斥著工廠每個角落。

我媽坐進一臺針車機後方，熟練的拿起半成品的帽子，「噠噠」的踩著針車，進行最後一道帽釦的車縫作業。

為了作業快速，我媽一口氣車了十幾頂，然後帽子就像灌香腸一樣，一頂連著一頂從針車鴨嘴底下跑出來。

「阿妹，你站在那裡做什麼，還不快點拿起小剪刀，把每頂帽子連在一起的線剪開來。」我媽從對面丟來一把小剪刀，「剪的時候要注意，不只要把連著帽子的線剪開，還要把線頭剪乾淨，像這樣剪，知不知道。」我媽咻咻的快速示範著剪線的技巧。

就這樣，我加入了小女工的行列。

可能是有我加入的關係，我媽的業績一直比其他女工好，別的女工車縫一百頂，我媽就可以車一百五十頂，而且重點是車完的同時，也剪線完成了。

在我成為小女工沒多久，工廠外銷的訂單某天突然暴增，為了趕上出貨時間，女工們都被要求熬夜加班趕工，於是我媽跟我說：「阿妹，想不想玩通宵？」我問我媽什麼意思，我媽說，還有什麼意思，就是有玩又有抓的意思。

我聽不懂我媽在說什麼，我只知道加班熬夜趕工那天，我也在現場，而且同一時間，另外兩個同我一般大的女孩也加入了這個剪線工的行列。

大概是別的女工媽媽看到我媽工作快速，也想仿效。

有玩伴真是一件幸福的事，即便是工作，只要在一起，什麼都像遊戲了。

小女工為了讓工作不只是工作，我們自訂遊戲規則，於是一場快手的競賽孕育而生。

首先，我們會帶著歡愉的幻想和尖叫，結伴到工廠各個角落冒險，在嚇壞工廠老闆之前，我們會回到母親的針車前，面對堆積如山的長串的香腸帽，用剪刀快速消化。

那真是個華麗的童年時光，既有玩伴，又有錢可賺，對母親而言沒什麼比這個更一舉多得的事了。

隔天清晨六點，我永遠記得我爸來工廠接我的時候，我已經像條死豬一樣，全身軟趴趴，等著恭奉給軟綿綿的大床享用。

我不知道我和我媽並肩作戰了多久，我只知道我和母親沒有意外的話，應該會一直這樣在工廠相互依存一輩子，然而就在我這樣想像之後沒多久，我媽不知道是因為有了各式各樣帽子裝扮的關係，還是工廠日夜不分趕工讓她的體內有了化學變化，她變得不一樣了。

就在「田園花都」好不容易長出一排茉莉花的那個春末，我媽從一個淳樸的婦人漸漸變成愛打扮的女人，每次打扮總不忘記帶一頂時下最時髦的帽子，有好一段時光，我幾乎以為我媽是蝴蝶變的，那樣的絢爛美麗。

然後，在一次接近下班前的黃昏，我媽丟下一句：「阿妹在工廠裡等我，媽媽有點事出去辦完就回來接你！」我媽說完，戴著帽子，就翩然的飛出工廠外。

我天真的以為我媽會很快回來接我，或者，至少會在下班以前飛回來接我，然而我等到工廠鐵門都拉下了，外頭的路燈也熄滅了，我媽仍然沒有回來。

我不知道我到底等了多久，我只知道最後來接我的是一個我不認識的阿公，他說他是受我媽和他女兒之託來的。

後來我才知道這個阿公是工廠阿姨的爸爸，剛好住在工廠附近，因此能在接到委託後以最快的方式帶我到安全的地方。

我不記得後來我是怎麼回家的，我只知道不久之後，「田園花都」盛開著許多紅色和粉紅色的小花，吸引了各式各樣的蝴蝶飛來，然而不管我怎麼找，就是始終找不到那隻戴著漂亮帽子的花蝴蝶——我母親。

餘韻再賞

〈帽子母親〉是一篇思親之作，所追憶與懷想的，是作者童年和母親相處的短暫溫馨時光。全文結合帽子與母親這兩種意象，復以一種童稚仰望的角度、語氣和筆法進行鋪敘。文章先從「田園花都」新設立的製帽廠寫起，描述母親以其工作的製帽廠為作者的「幼稚園」，上班時總將作者帶在身邊，母女朝夕不離；而作者充當母親小幫手，為母親剪開帽子線頭，也使母親業績格外優異，引起同事相與仿效。那是作者生命中一段足堪紀念的日子，所謂「華麗的童年時光」！而戴上時髦女帽益顯美麗的母親，在作者童稚仰慕的眼中則更是蝴蝶的化身。但這段「華麗的童年時光」並未持續太久，在茉莉花開的某一暮春傍晚，母親答應外出辦事完畢便回來接作者返家的承諾，卻永遠失約了。於是「帽子母親」的身影，乃成為作者心中永恆的意象。全文瀰漫感傷氣氛，令人嘆惋。不過此文所述背景，應是兒童福利法尚未施行的年代，故作者以其稚齡，能在工廠通宵工作，否則以現今角度來看，文中所述童工情節是不可能存在的。

台糖載甘蔗的五分車鐵軌。

再陪媽媽走一段路

文、圖片提供‖王麗娟

媽媽，爸爸過世後，慢慢的，您的行動已不自如，脊背痀瘻、步履蹣跚，隨時都有前仆傾倒的危險。每次回家，我都隨侍在側。「隨侍在側」，多沉重的字眼，每張訃聞上不都寫著子女隨侍在側嗎？

不久前，攙扶您上廁所，我從後方環著您的腰，每挪一步，您的重心便向前傾，背部慢慢彎成九十度，我得輕輕的把您的背脊扳直，走幾步就停下來休息一次。您突然問我幾歲。聽到我的回答，懷疑我真的有這麼大嗎？不是才剛教我寫名字嗎？

有一段時間，您把我送往「城市外婆」家居住，幾天才能見一面。您來看我時，都會教我寫名字，只要寫滿一張紙，您就會買杏仁茶給我喝，為了早點寫完，故意把「丽」和「鹿」分得很開，一下子就寫好了，您總是笑我的「鹿」不乖，喜歡離家出走，您就握住我的手陪我一筆一畫的練習。其實，我很喜歡「麗」字，因為「麗」字讓我們靠得好近、好近。每次您要走時，我就躲在房裡不肯目送您離去。「城市外婆」因為沒生兒子，領養了舅舅，所以在您很小的時候，把您送給沒有生女兒的「鄉下外婆」。離開了自己的媽媽，您的心裡也跟我一樣不捨吧？還好，我很幸運的比別人多了一對外公、外婆，我們兄妹也樂得兩邊跑。

儘管在鄉下，您還是有機會跟男生一樣，從箕湖走路到餉潭去讀書。也因為您讀過書，我們才有許多「爭吵」的美好回憶。您還記得嗎？我們常去廟口租漫畫書：《白蛇傳》、《薛丁山與樊梨花》、《乾隆下江南》……。一本五角錢，您陪著我們三姊妹趴在榻榻米上看漫畫書，您看書的速度太慢了，我們都不讓您排第一個，還吵了起來呢。

爸爸曾去日本留學，所以比傳統社會的男人還要大男人，而您總是任勞任怨的，把爸爸當成「天」。家裡好不容易有了電視，我們卻享受不到看電視的樂趣。爸爸總是一邊看一邊罵電視，從「喇叭褲」罵到「牛仔褲」，從「披頭」罵到「迷你裙」，罵電視「教壞囝仔大小」，把我們都罵跑了，只留下您陪爸爸看電視。不久，您上二樓一間一間的敲門，拜託我們下去陪爸爸看電視。我們曾經怪您那麼軟弱無能，還鼓勵您跟爸爸吵架，我們會站在您這一邊，您總是溫柔的說著：「憨囝仔，我才不是怕妳們的爸爸。」結婚後，我慢慢了解，您除了堅強還充滿智慧。後來，錄影帶問世，我們就去租歌仔戲的帶子讓爸爸看，止住爸爸的謾罵聲。我們實在很感謝楊麗花，也感謝您。爸爸都叫您日本名「塔瑪」，意思就是寶玉。媽媽，您真的是一塊寶玉。

我愈大，您就愈老了。您的身上早已散布著老人斑點；那一頭黑白摻雜的亂髮也不再柔亮，像細鐵絲一樣，不怎麼平順的杵在頭上。以前幫您拔白頭髮時，還一根、兩根天真的數著，埋怨您的頭髮怎會如此烏黑柔亮，拔一根白頭髮就要翻找大半個頭呢！當屋外傳來「嗶！嗶！嗶！」的氣笛聲，您拍落長褲上的白髮，拿著碗追出去買一碗杏仁茶給我喝。您總是吹吹呼呼的，涼了才交給我，然後靜靜的看著我享受幸福。我怎麼也想不起，您愛吃些什麼呢。

又挪移幾步，您喃喃說著：「妳生囝仔時，我去臺北看妳，妳在床頭放一張紙，記著幾點餵牛奶，飼幾ＣＣ，幾點換屎布，我就知影妳有一套，不隨便，跟我真親像，我攏免操煩妳的婚姻甲生活。」原來是這樣，結婚後，我以為您不再關心我，不再把我放在心上。我想，當年您和爸爸的相處哲學，我也學了點呢！終於走到房間，您還是說個不停：「我偷偷甲妳講，你的兄姊管我真嚴，一看到我就叫我運動，一、二、三、四，手舉高高，對我真嚴，親像管囝仔。我攏叫伊魔鬼教練，這是祕密，妳不通甲伊講。」

「好！祕密，不講。來！一、二、三、四，手舉高高。」我把袖子套上您的手臂，邊說邊玩的幫您穿上衣服。穿褲子時，您突然念著：

「一、二、三、四，萬載！萬載！」沒拉緊的褲頭，「咻」一下，就滑落在地上了，您就像做錯事卻不用挨罵的小孩，笑得可開心呢！

雖然搬離鄉下的古厝已四十年，每次回到故居，村裡的長者都還認得我，都會關心的問起您的狀況。不管叫我「阿珍」、「阿月」，還是猜對我的名字，我都很快樂的應答，畢竟他們沒有忘記我們家的小孩。每個人都說我長得最像您，一眼就認出我，心裡還真得意哪！

媽媽，現在正在沿山公路上，就是早期台糖的甘蔗園，您曾經是這裡的蔗農，每當收到密密麻麻的台糖蔗農分糖對帳單，老花眼的您看得霧煞煞，我就一一念給您聽。那時，長者老說著我不懂的臺語「天下第一憨，種甘蔗乎會社磅。」媽媽怎麼會憨呢？您可是世上最聰明的。當時，您和村人組成「蓬萊米的互助儲蓄會」，每年有兩次固定的標會時間，持續七年您就不曾忘記日期，五百斤的稻穀還得按照屏東縣當期稻穀行情來換算金額，您總是很快的算出來，真教我佩服。

一區一區的甘蔗田早就沒了，現在興建一條沿山公路，放眼看去，是一望無際的果園。路旁種有臺灣欒樹，春天，冒出紅色新葉；盛夏，葉色轉為濃綠。九月，樹冠開滿小黃花，秋風一來，黃花像雨點落下，下完黃金雨之後，就會結出紅色蒴果。入冬時，蒴果慢慢的變暗，膨脹成氣囊狀，就像千萬個小燈籠掛在樹梢上。蒴果乾枯變成褐色，葉子便開始凋落，然後準備冬眠。

媽媽，您可要跟上來，從沿山公路右轉進去，就回到您小時候住的箕湖社區，那裡有疼愛您的親人，還有關心您的兒時玩伴，剛剛都還來探望您，他們也跟我一樣的不捨呀！向左轉，可以到達餉潭村，是我們住的「太原堂」。家門前有一個大大的晒穀場，農忙的季節，晒穀場上晒著金黃色的穀子，我和妹妹有時像溜冰一樣從穀子上面滑過，有時學大人拿著穀耙攪動，穀子被我耙得到處飛彈，掉落在頭上、身上，皮膚奇癢無比，抓出一片紅腫。您不讓我們靠近，就在蓮霧樹下做個秋千讓我們盪。「鄉下外公」還在晒穀場上蓄水放養鴨子。我常陪外公趕鴨群去小河邊戲水覓食，鴨子把頭伸進水裡啄到小魚蝦吃，啄到青蛙吞不下去而嘎嘎的叫著，我就把青蛙抓進竹簍裡，每次都是滿載而歸。您總在院子摘些九層塔炒青蛙，那個年代有這些自然的食物可吃，真的很幸福。外公已不在人世，那些熟絡叫著我的村中長者，也一個一個離開了，即使想再聽到有人把我叫成姊姊或妹妹的名字，是奢求了，也無法再聽到您輕輕柔柔的喊我一聲「阿倌」了。

餘韻再賞

「『隨侍在側』，多沉重的字眼，每張訃聞上不都寫著子女隨侍在側嗎？」本文首段此一結語，實寫出普天下兒女面對父母離世時的共同傷感，令人不勝唏噓，而底下，文章便在此傷感悵嘆的氛圍中進行鋪敘。文中，作者出以向母親傾訴的口吻，除懷想其童年分住「城市外婆」和「鄉下外婆」兩地的美好經驗外，也細數母親的溫暖慈愛，「除了堅強還充滿智慧」，正如其日本名「塔瑪」（だま）所示，是家中彌足珍貴的「一塊寶玉」。這塊寶玉維繫著家庭和諧，既不與大男人主義的丈夫計較，又細膩體貼地常買女兒愛吃的杏仁茶，靜靜看女兒享用，流露出無比的滿足，但作者卻怎麼也想不起，母親愛吃些什麼？全文透過日常生活瑣細，凸顯母親的溫暖性格、對兒女的關愛及其「堅強智慧」的一生。其實綜觀本文，所述實為母親辭世後，作者攜母親骨灰返鄉途中之種種感懷，因為是作者此生最後一次「再陪媽媽走一段路」，於是讀至文末，遂不免要令人掩卷長嘆了。

正值花樣年華的母親攝於外婆經營的百貨行內。

我家的獅子座女王

文、圖片提供 ‖ 謝三進

接下「母親」這種帶有神聖性的題目，我有些不知該如何下手，尤其要談的是「我的」母親。在我小的時候，我與母親的關係其實是亦敵亦友。

當我與兩個姊姊年紀還小時，母親在某些方面對我們很嚴。不准買零食、不准喝冷飲、不能逛夜市、不任意添購玩具、不買電視遊樂器（家中終於購買第一臺任天堂紅白機，是買給我外婆玩的）、不安裝有線電視（到現在都還是如此），當然，更不准哭鬧。

我那獅子座的母親行事非常果斷堅決，一旦決定要這麼做了，肯定徹底執行。我家三個孩子，大姊溫和乖巧，我跟二姊則頑皮好動。在我九歲以前，家中經營貿易工廠，在臺灣中小企業起飛的一九八〇年代，父親與母親經常忙到沒有時間看著我們這兩個小惡魔，一旦闖禍了（諸如拆解收音機、把鄰居小孩推進田裡、姊弟互搏……），忙到理智斷線的母親就會拿著剛出廠的木衣架（好媽媽勿學）修理二姊（幸虧我年紀小）。有次還索性把我跟二姊鎖在門外，任我們兩個涕泗縱橫，就是不准進屋。相較於母親的嚴格，父親則反之，他經常是那個哄我們（甚至拉住抓狂的母親？）的角色。上述那些家中嚴禁的行為，父親都偷偷帶我們做過，我們更經常假借兜風之名，在工業區巷口的雜貨店門口喝完一瓶黑松沙士才回家。

或許因為是在這樣「軟硬兼施」的家庭中長大，在我年紀稍大一些（十歲以後吧），因父親考上教職，工廠於是歇業，舉家搬回父親老家定居，那時我正好是大到能夠自己騎著單車出入鎮上任一角落的時候，我開始膽敢偷偷從母親的錢包中「借」零花錢使用。我與母親因此展開極長一段時間的「諜對諜」遊戲。

母親每每發現錢包裡的鈔票短少，便會在晚餐時若無其事地問父親：「你是不是有拿我錢包裡的錢呢？」無辜的父親沒能意會，還苦思了一陣：「應該沒有哇……」這時我就心虛默默吃飯，母親也不繼續說什麼，但我知道她已經發現了，有時會忍不住跑去「自首」，有時則硬著頭皮繼續掰下去「喔，我也不知道ㄟ。」或許是出自於這種互相揣測的經驗，我與母親因此培養了某種深刻的默契。對於我這愛賣弄小聰明的孩子，腦中在翻轉些什麼，她都大抵摸透了，只是她從來不揭穿。母親的精明其來有自，打小她就跟著開百貨行的外婆做生意，「看著進門客戶的一舉一動，我就曉得他會不會買。」母親說她自那時養成了敏銳的觀察力，當然，還有說服力，這些特長在她結婚生子之後，仍舊準確地用在教育她的孩子。

父親與母親雖分別在南彰化的北斗與田中兩個毗鄰的小鎮出生、長大，但個性與思維卻相當不同。父親為農家子弟，在淳樸的田野間長大；而母親除了幫外婆照料生意之外，因為外公為傳教士的關係，母親一家虔信天主教，宗教掌故對她看待生命的態度有著巨大影響。

說到母親的故鄉田中鎮，為彰化縣內天主教較早發展的地區之一。中部最早的天主教堂區為一八七五年開教的羅厝天主堂（埔心鄉），當時便有田中鎮民遠道前去禮拜，直至一八九五年在田中建立八分天主堂，始開闢出新的信仰據點。二次大戰後，一九五〇到六〇年代美援物資部分委託教會發送，據聞曾因此吸引大批居民改宗天主教，最盛期全鎮竟有四分之一人口領洗為信徒。

因信仰關係，母親幼時即接觸了西式生活，或參加教會舉辦的吉他課、舞蹈課與戲劇表演活動，或美援物資的取得。加上外公自教會取得的月俸常常也包含奶油、麵包等西式食品，母親一家在那困苦的年代，得以過著雖不充裕，但充滿異國想像的生活。身處相同年代，鄰鎮的父親卻少有這些體驗。新奇的童年生活讓母親總是勇於嘗試新事物，成家之後仍是如此。她最常提起一件往事，是在我出生之前，她常趁著周末無事，帶著大姊、二姊到知名飯店大廳閒坐。無餘錢可住房，只好偽裝成房客「潛入」，觀察眼前中外旅人來來去去。

物質層面的生活體驗可謂宗教在那個年代所帶來的附加價值，但宗教影響母親至深的，終究還是在精神層面。

母親雖在生活習慣上對孩子有些要求，但對於我們自身的人生經營，她卻給予極大的自由。約莫在我小學五年級，母親就告訴我「你已經長大了，很多事可以自己判斷」，後來我也確實在不同階段做了不少任性的決定，舉凡：中學成績低迷不振還參加許多社團活動、大學執意自師院休學重考、好不容易考取的學校又險些畢不了業……每每當我重又遭遇挫敗，母親自電話那頭傳來的訊息總是：「如果想清楚了就這麼做吧！」從未厲言責怪過。後來我問起母親面對子女成長過程中的波折，為何都沒有介入干涉？她才說是信仰使她相信「沿途的經歷並非沒有意義」，冥冥之中自有安排吧。

現存印象中，母親最初對我的教育，約莫是我幼稚園的時候。在我所就讀的幼稚園內有個小坡，每次經過該處不知為何必定跌倒，時常蹭破兩個膝蓋。有一回母親正好來到幼稚園，我跑向母親時又在小坡前跌倒，哭著向母親撒嬌。母親沒走近我，也沒叫我不哭，只緩緩說：「自己跌倒自己爬起來。」雖然我到國小畢業前都還是個愛哭的膽小鬼，但是對於經常在人生路途上「跌跤」的我而言，「自己爬起來」這件事的確讓我多次重整了自己的人生。這幾年大姊生了兩個男孩，周末常帶回家中予他們的外公、外婆（我的父親、母親）含飴弄孫。母親常在孫子任性撒嬌時，乘機告訴他們道理，看在眼裡，相似的情境有如還原我童年記憶——那個站在小坡上，喚我自己爬起來的母親……

父親與母親於1977年結婚，結婚儀式便在田中天主堂進行，照片中還留下1995年改建前，原有哥德式的柳葉窗與尖肋拱頂。

母親（右）與外婆（中）、阿姨（左）攝於我滿月時。背景為當時家中經營的貿易公司辦公室，同時也是我們的家。

餘韻再賞

本文所指「獅子座女王」是作者的母親。自稱和母親關係「亦敵亦友」的作者，以幽默詼諧方式行文，生動地勾勒出一個個性鮮明、堅決果斷、充分結合「獅子座」與「女王」特色的嚴母形象。但作者母親卻並非一味嚴厲，她對子女的教育，其實非常民主地採自由開放態度，總鼓勵他們在人生大小諸事上自行判斷、自主決定——「如果想清楚了就去做吧！」——從不介入干涉。這種尊重子女人格的做法，尤其經典地表現在作者青少年時「偷偷從母親錢包『借』零花錢使用」的逾矩行為上，但心知肚明的母親知道作者只是年少無知，一時糊塗，終必迷途知返，故不曾予以揭穿，僅不動聲色以暗示法進行導正，如此顧全孩子顏面的處理方式，顯示了這的確是一位智慧型母親。此外，母親從小便鼓勵作者「跌倒了自己爬起來」，有意識地培養其獨立性格與負責精神，致作者往後在危機時代曾多次「重整自己的人生」，更令其終生受益。總之，全文明朗、風趣、坦率，令人會心一笑又甚具啟發性，饒富「悅讀」效果。

父族的行履

圖片提供‖李祥銘

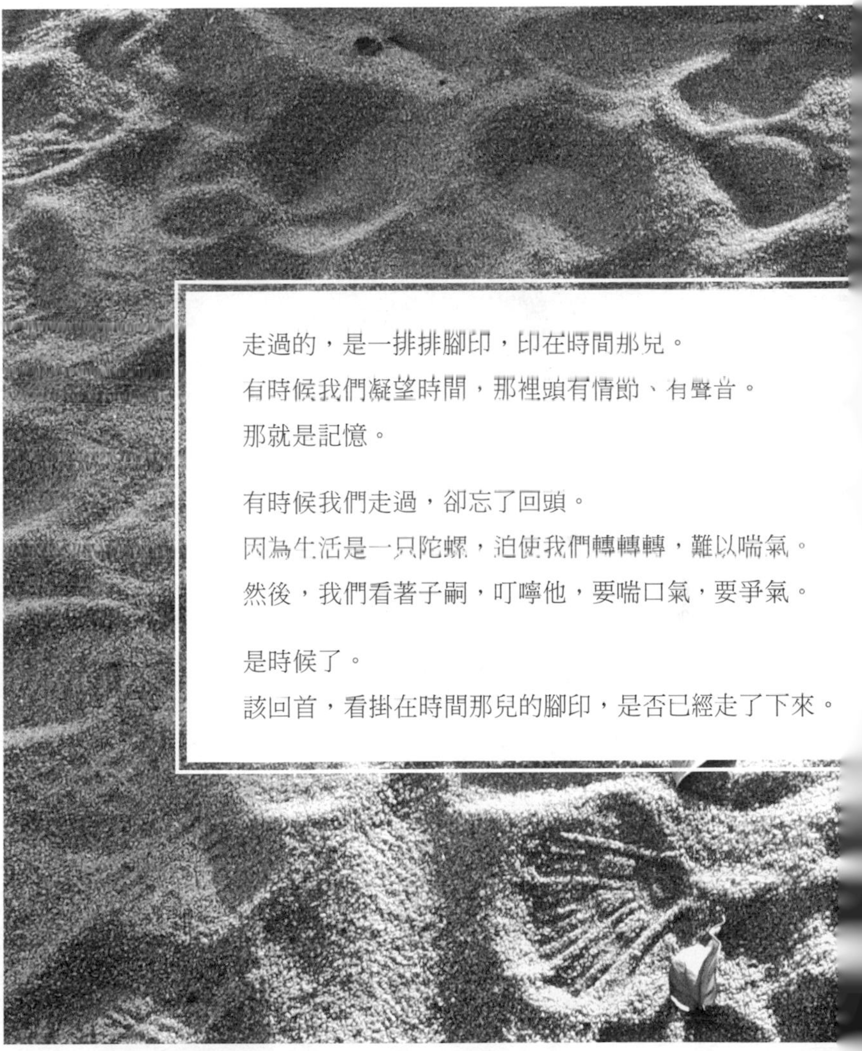

走過的，是一排排腳印，印在時間那兒。
有時候我們凝望時間，那裡頭有情節、有聲音。
那就是記憶。

有時候我們走過，卻忘了回頭。
因為生活是一只陀螺，迫使我們轉轉轉，難以喘氣。
然後，我們看著子嗣，叮嚀他，要喘口氣，要爭氣。

是時候了。
該回首，看掛在時間那兒的腳印，是否已經走了下來。

認真樂觀

——在大時代的邊緣篤定行走

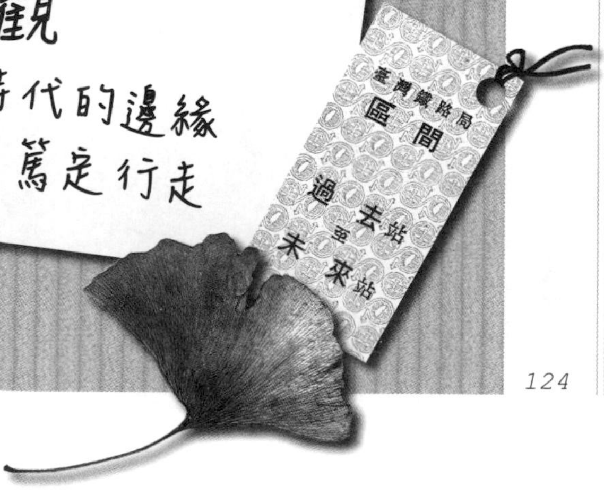

文‖郁馥馨

台兒莊城牆下運河中的水嘩啦嘩啦的流著，多少歲月一去不回，多少故事也一幕幕上演著，各自悲喜，也各自不斷延續伸展……

那些年來國共戰事綢繆，中國的老百姓到處遭殃，一九四八年十月某天我的父親帶著簡單的行李，也帶著父老的祝福離開了家鄉。那時天還未亮，台兒莊正像個熟睡的老人，靜靜的躺在昏暗中，只有運河的水，依依不捨唱著悲傷的驪歌，躊躇滿志的他卻感受不到，未來在不遠處召喚著他。他以為離家其實不遠，以為很快就會回來，沒料到這一別竟然相隔四十五年；走時，他只是個十六歲的少年，等他再回來，已是近鄉情怯白髮蒼蒼了！

戰爭是殘酷無情的，隨時隨地一觸即發，為了生存或為了求學，只要稍有風吹草動，當年能走的都走了。父親也在家人的首肯下，得到偶然的機會跟著流亡學校離開台兒莊到徐州，再輾轉到廣州，這一路上吃苦受罪，卻仍踏實的踩在陸地上，每個人心裡都想著，等戰爭結束，不久就可以回家了。

一九四九年七月初，集結在廣州的流亡學生並沒有等到回家的消息，反而在當時的教育部及國防部的安排下，準備到澎湖接受半訓半讀。父親這時從廣州灣爬上了一一五登陸艇，海上茫茫，心頭也茫茫，是出於自願或迫於無奈都還搞不清楚，眼前的大陸就這樣逐漸模糊不見了。

隨船一路平安無事到了澎湖，年長的都被編入部隊當兵，當時父親只有十六歲，是個名副其實的小兵，即使不情不願，也只好穿上軍服、扛起步槍。在軍中服務了十一年，父親大部分的時間都在衛生單位，還好除了生活條件比較差，倒也沒有吃過什麼苦，直到民國一九五八年七月，部隊調防金門，他才真正嘗到戰時軍人生活的艱辛，也參與了著名戰役八二三炮戰。

父親記得那天晚飯後，他像往常一樣在屋裡看小說，忽然聽到上空傳來「噠噠噠……」的機槍掃射聲音，他腦門一陣發麻，立刻丟了書跑到屋外。這時炮彈聲轟然作響，島上到處冒著白煙，他迅速進入地下室躲藏，密集的炮聲不絕於耳，爆裂的碎片，劈里啪啦打擊著屋瓦，還有炮彈飛行的尖叫聲，更是像刀割過耳，讓人驚恐到整個心幾乎也要裂開了。此時生死距離只在幾秒之間，人命如蟻，死神則像個頑皮殘忍的孩子，隨意一揉捏就奪走許多寶貴生命，而任由擺布的眾生這次逃過一劫，下個劫難又緊跟而至，這樣的殘酷折磨，隨著震耳欲聾的炮聲，足足持續了兩個小時。

父親很幸運在這場決定性的戰役中倖存，不久便奉命到臺灣受訓，至此生活總算較為安定，他在軍中除了嚴守軍紀，表現也不俗，曾獲得三次記功，五次佳獎，深受長官的肯定和讚賞。可是他的官運始終不順，幾次升遷總跟自己錯身而過，而且具有文人性格的他，也始終認為軍中的環境並不適合自己，於是一九六〇年便自軍中退伍，靠著自己進修取得國小教師的資格，從此便一路服務於教育界。

從小因戰亂頻仍，經常東轉西進，父親在學校讀書的時間很短，小學沒畢業，初中讀了一年，高中也只讀了一年，這種三級跳的學習方式根本學不到東西，也拿不到學歷。他為了想到公家機關工作，既然沒有學歷，只好努力參加各種資格考試。辛苦耕耘，其間也遇到很多挫折，但總算終有收穫，先後取得公務員、國小教師、國中教員的資格。進修除了讓父親獲得職業，更重要的是滿足了求知欲，充實了生活內容，開拓了整個人生境界。這段期間他也透過相親認識了母親，生下我們三個小孩。這一路走來，我們就像一般的公務員家庭，雖然其中也不乏風風雨雨，但始終安定，因為父親是一個責任心重的男人，確實嚴以律己、寬以待人，自己幾乎沒有什麼物質欲望，但對家人、朋友都盡心盡力、大方付出。

父親常認為自己的一生安分盡責，工作、家庭，乃至於興趣，他都認真執著，此生也不枉了。有時母親開玩笑譏諷他一輩子到底，也不過就是個靠退休金過活的窮教員，他則會笑說自己當年孑然一身來到臺灣，能不能活下去都是問題。如今不但成了家，有了孩子，還做了祖父，兩岸開放後，還能重回故鄉見到自己睽違四十年的老母親和兒時同伴，此生非但不枉，也了無遺憾了！

父親離鄉四十五年，人事已非，就連舊時景物也不在了，唯獨台兒莊運河的水仍嘩啦啦流啊流，緩慢但從不停歇。十六歲他離開家鄉，台兒莊運河嗚咽的哭聲在耳邊不捨的響著；四十年後回到家鄉，河面上翻騰的水波如同心裡洶湧的慨嘆，既是興奮也是感傷。再度踏上家鄉的土地，經過四十年的變化莫測，父親竟連自己的家都找不到了；然而河水依舊東流，生命仍是無限延續。感嘆之餘，儘管老親友相見髮鬢盡白，看著下一代蓬勃生長，心裡仍有一份實在的安慰。

奶奶過世後，再加上他自己年歲老大，這幾年只剩下蠢蠢欲動的回鄉念頭。台兒莊古城的重建，不只讓他整個返鄉的情緒又活絡起來，人也彷彿注入了一劑強心劑，感覺特別年輕有力氣。二〇〇〇年九月的一場返鄉之旅，他看到面目一新的台兒莊，也看到充滿無限希望的古城，像個巨大的藝術品展現在鄉親和世人的面前，他第一次眷顧老家不僅僅只是鄉愁，還有很多的光榮和驕傲。

在機緣巧合下，我也來到台兒莊，希望能在古城找個安身立命的位置，更希望自己安穩踏實下來，能實現父親葉落歸根的願望。但願那時的台兒莊不再只是個遙遠的符號，它會是父親生活和精神的依歸，也是我永恆的夢鄉。

對父親而言，這一條從故鄉到異鄉的路，再從異鄉回故鄉的路，如此一生，腦海滿滿的是豐富多樣的記憶，心裡暖暖的是永遠不變的鄉情啊！

餘韻再賞

正如余光中在其〈浪子回頭〉一詩中所言：「掉頭一去是風吹黑髮，回首再來已雪滿白頭」，本文所述實亦是一個因烽火動亂、少小離家老大回的滄桑故事。但不同於諸多類此篇章所流露的無奈傷感，本文所呈現的卻是——在大時代無可抗拒的命運中，「篤定行走」，並以「認真樂觀」態度在美麗島上落地生根、開花結果的個人喜劇。

這是作者父親的故事。一九四八年秋，時年十六的作者父親「為了生存與求學」，於戰亂中告別故鄉台兒莊，輾轉經徐州、廣州、澎湖、金門而終抵臺灣。流離動盪期間，雖求學生涯中輟，但成就動機甚強的父親力爭上游，憑藉個人進修，曾先後取得公務員與教員資格。雖母親常笑稱父親終其一生「不過是靠退休金過活的窮教員」，但樂觀知足、常存感恩之心的父親，卻認為自己既苟全性命於亂世，復成家立業，生活安定，臨老尚能重返故鄉，再見老母與兒時玩伴，此生已無遺憾！全文平實記事，所呈現的正是近代史上無數漂零異鄉、再創人生新局的臺灣新住民之縮影。

楊明與父親合影。

童年故鄉夢裡尋

文、圖片提供‖楊明

「若教解語應傾國，任是無情亦動人。」這是羅隱《牡丹花》中的詩句，宋朝時牡丹以洛陽為多，自明朝開始，種植中心移至曹州，也就是山東菏澤。如今，曹州牡丹有幾百個品種，數千畝牡丹田，每年穀雨前後，牡丹連阡接陌，織就一片錦繡，這裡就是父親的故鄉。

父親的少年時光，分別在濟南和鄉下老家的寨子度過，前者有著大明湖「四面荷花三面柳，一城山色半城湖」的秀美，後者有魯西特有的厚實風土。父親說起的童年，更多是鄉下老家的記憶，那時候有一隻大狗整日尾隨守護他，狗的個頭比他還大，管家們要找他，就先看狗在哪，依他的描述，恐怕其實是獒不是狗。八歲時他得到了一匹馬作為生日禮物，不上課的時候常和其他的孩子到南海子摸魚、鬥羊玩，冬天以雪地船（與雪橇類似）代步……。小時候，偶爾父親講起家鄉的事，在我聽來猶如傳奇，至少和我眼前的真實世界截然不同。

父親的老家在山東成武縣，是一處三等小縣，現在的行政區域化歸菏澤市，菏澤舊稱曹州府，以牡丹聞名，如今是世界種植牡丹面積最大品種最多的地方，牡丹之盛不亞於洛陽。摸魚、鬥羊我都沒興趣，但是大片的牡丹、芍藥、玫瑰，確實吸引著我。小時候，陪媽媽去市場買菜，回家前媽媽總讓我在花攤前挑幾支花，有一回挑了玫瑰，父親見了說，這玫瑰太瘦小，我們老家的玫瑰可以做圍籬。在父親僅有的一本散文集《狂花滿樹》中，他對故鄉有許多描述，如家鄉的老寨子「是一個富饒而且美麗的所在：有陰暗不見天日但聞鳥鳴關關的大樹林；有到處盛開著玫瑰花和飛奔著野兔的原野；有各種各類的果園，桃、杏、梨、棗、蘋果和葡萄，按著季節成熟……」

父親講起故鄉種種，多是滿溢溫情的，然而，其中卻有一個無法填補的遺憾，那就是父親從小就沒了娘。四、五歲的年紀，別的孩子都還黏著母親，父親卻每晚自己一個人獨睡。家裡有了繼母，繼母只疼自己生下的孩子，將父親視為眼中釘。父親說，一個孩子怎麼可能不羨慕別人有媽媽、可以跟媽媽撒嬌？晚上躺在床上，心裡滿是委屈，他把媽媽生前親手為他縫製的虎頭帽藏在枕頭下，想媽媽時，就拿出來按在自己頭上，心裡想著母親，悄悄地流淚。沒想到，後來這頂虎頭帽被繼母發現了，生氣地扔進了炭火盆裡。那是親娘留給父親的一件紀念品，繼母連這也容不下，父親連孤單長夜唯一可以給自己一點安慰的東西也失去了。

一九四九年，父親離開了家鄉來到臺灣，初時住在中山北路一處違建，木板屋建在日軍公墓中，墓碑還隨處可見。一遇下雨，整個違建區都淹水，父親就在這簡陋的小屋裡完成了不少作品。這時父親一邊擔任《自由青年》的編輯，一邊寫小說，也寫詩，來往的朋友中有不少是詩人，王聿鈞、彭邦楨、季薇、李莎、亞汀，時常一起談天說地，聊慰思鄉之情。違建區裡有間小吃店，老闆也是剛從大陸來的，父親收到稿費，就拿一部分給小吃店老闆，形同包伙，朋友來了，便一處聚著聊文學，順道打牙祭。那時的他們都還年輕，沒有錢，但是有夢想，即便生

楊明父親楊念慈也是知名作家，著有《黑牛與白蛇》等著作。

楊念慈（右二）與臺北文友合影。

活拮据，卻依然瀟灑，不失豪爽，在離家的歲月裡，是文學給了他們力量吧。

別人說起父親，冠上的頭銜總是作家，父親卻喜歡稱自己為教書匠。除了寫作，教書是父親的另一項志業，從父親還在濟南讀書時，便對故鄉的教育發展特別關心，他原立志要在老家興學，普及教育開化民智，雖然終究沒能為老家的教育事業盡力，倒是在臺灣教了一輩子書。轉任教職後，父親由臺北去了臺中，並與母親相遇，求婚時，沒有房子，就在紙上畫了個圖樣，告訴母親：「這就是將來我們的家。」母親答應了，兩個年輕人一起在異鄉共建家園，父親的一生從此走入安穩的軌跡，告別大江南北的漂泊，扎根臺中。童年沒有母親的呵護，父親長大後比別人更重視家庭；而年輕時的漂泊，也使得父親分外渴望安定。在一篇文章中，他曾經寫道羨慕植物可以扎根於自己成長的土地，感慨自己因為不可抗拒的時代因素，不得不離開家，在異地落地生根。然而生長在父親家鄉的牡丹，如今也因美麗聲名卓著，離開了菏澤在世界各地綻放，中國境內連青海都有它的蹤跡，境外更是遍布歐美澳等洲，適應力強韌，猶如離鄉背井的山東人，遷徙的命運在牡丹身上亦如是啊！

父親來到臺灣後，便再也沒有回過濟南，愈是想家，愈是沒法回去。開放探親後，父親從別人那裡聽說，故鄉的老寨子沒了，景物全非；就是因為對故鄉的無盡依戀，父親選擇了不回去，不讓自己親眼見到景物不再，至少還能在記憶中重組，在夢境裡再現。父親不忍回家鄉，也不敢回，六十餘年過去，昔時離家的少年，已經白髮蒼蒼，失去的再也喚不回。父親曾經在書中描寫過兒時經常逗留嬉戲的白雲寺，我特意取得白雲寺如今的照片，心想父親既然不打算回家鄉，那就看看照片吧。父親看了，說這是後來重建的，完全不一樣了，眼中薄薄漾起一片霧。的確，和書中描寫的景致不同，寺廟不同，碑碣不同，就連樹林也不同。李清照的詞：物是人非事事休，數十寒暑更迭，「人非」早可料見，但總

父親離開濟南之後，再也不曾回過故鄉了。

還有「物是」以供緬懷，現在卻是景物全非，讓人情何以堪。

當年父親離開濟南的前一天，一個人獨自在漱玉泉畔的李清照故居坐了一個下午，那時的他怎麼也想不到這一走，就再也沒有回去。半個世紀後，我首度來到濟南，特地造訪李清照故居，揣想著那個影響了父親一生的午後，那時的他還是個二十幾歲的小伙子，時間的移動，空間的轉換，無盡思念又該如何託付？有著玫瑰和野兔的童年記憶，已然消逝，永難再現。只有故鄉的牡丹花，年年春季依舊豔麗。

餘韻再賞

不同於一般返鄉文學所述「少小離家老大回」的戲劇性情節，本文所記，卻是一個「不忍回家鄉，也不敢回」的傷感故事。這個故事的主角是前輩作家楊念慈先生，本文由其也是作家的女兒楊明執筆，在兩千餘字篇幅中，重點式地書寫了其父自幼至老的生命與心路歷程。由於念慈先生故居是以牡丹知名的山東成武縣，該地是當前「世界種植牡丹面積最大、品種最多的地方」，故文中有關牡丹的敘述，雖簡筆鋪陳，卻也營造出花影歷歷的背景效果，予人芬芳之海的鮮明印象。而就在此背景襯托下，作者既追憶父親摸魚鬥羊騎馬、「猶如傳奇」的早歲時光，也細述了父親稚齡喪母、童年寂寞的傷心往事。

但寂寞之子俟後輾轉來到臺灣，先是在文學中找到個人理想與奮鬥力量，繼而扎根臺中，成家立業，更在教書與寫作中尋得生命定位。然而對於人事全非的故里，念慈先生卻選擇不歸，這真是近鄉情怯的極致了。於是作者代父還鄉，並撰成此文。然而，童年故鄉只能在夢裡重溫、追尋，如此終局，若仔細尋思，豈不正是亂世兒女永難彌補的遺憾？讀之實令人不勝唏噓。

圖片提供 ‖ 張靖梅

天然的鄉里老甫

文 ‖ 張信吉

大學時代應用文課，一位國學大師教授我們寫作實用文與了解社會酬酢的倫理。印象深刻的一次，竟然講到父子關係、等親算法。他說，父者己所從出，子者從己所出。父子關係在等親的算法上，從家庭樹排列為一等親，親等遠近標示彼此的往來距離。

我的家在虎尾溪畔，有濁水溪和嘉南大圳日月灌溉的農地為鄰。孩提時候面對「房頭內」親等的應對，我不懂，卻很伶俐。路上遇到老甫就招呼阿叔、阿伯、歐吉桑，村子裡的中年查埔人，大家親表相連，說來說去多少有血緣或父執連帶。務農日晒的關係，短衫黑黎容易蒼老，不知不覺，爸爸也成為那些老甫裡的一個。近年來回老家探望老爸，車窗外每每看他無所忙而在門埕張望，像在盼望著某一種說不出的陪伴。

我和爸爸的關係，在兄姊弟之間，算是最被疼愛的。原因是從小學中年級起，成績都是第一名，基於成就殷盼，初中、高中被送往學費高昂的天主教會學校；事後看青少年時光，充滿挫折而且成績不理想。然而我仍然是子女中聰明、勤快的一個，很得老爸為傲。農村儉困生活雖然談不上條件比憑，所謂疼愛人概表現在「花的學費最多」這一項吧？一碗冰五毛錢的時代，我的學雜、住宿費一年上萬元。爸爸說，讓我讀到大學畢業，花的錢堆成人一樣高。其他兄姊弟就只讀到國、高中而已。而爸爸雖然有國民學校的學歷，不知為什麼不會讀、寫、說。我在教會學校是乖巧的「國語一族」，六年時光成為不會說母語的小孩，父子之間很生疏。總覺得自己被送往不相屬的世界以後，被制式教養成為某種失能的人。直到進入職場，有了現實生活的濡沫，兩代之間的語言通暢了，重新開啟互動的機緣。但是，父與子係屬男性連帶，究竟有著非親密關係的遺憾。

戰後二代嬰兒潮出生的我，在社會競爭的氣氛之下，不知不覺往著高人一等、出人頭地的路跑去。父親是供應路費的人，當時愚鈍，不曾仔細端詳後援備極辛勞。高中某一年上學通勤，因為需要課後輔導，常常誤了時間沒有來回的公車可搭，爸爸騎他的川崎載貨機車帶我上下學。我的學校是地方出了名的「貴族化學校」，家長涵蓋鄰近縣市有錢世家、商販、公教人士，大家多用汽車接送小孩，少有穿汗衫、趿塑膠拖鞋、騎機貨車送小孩的光景。傍晚薄暮，遠離校門無人的角落，我找到等兒子回家的爸爸，跨坐上去，一路無言。

也許爸爸曾做過驚世駭俗的事情，不讓小孩知道；也許所謂庸庸碌碌的人生都奉獻給小孩。父親的行履，子女片面而知。媽媽常調侃爸爸國校畢業竟然不識字，是因為每日帶便當跑到虎尾溪，在溪埔圳底上學的緣故。而爸爸常說的十位當兵時期的結拜兄弟，我見過的兩位先後當過縣議員，第三位是縱貫線「臺鴨」大盤商。他們一九六〇年服役，雲林縣正歷經雷震案之後的蘇東啟事件，不滿於時局的知識青年廣泛利用臺籍充員兵結拜換帖的習俗來聚集力量，並期待聯合國開議前後的國際社會可以聽到不一樣的臺灣心聲，某些角落正醞釀變異的氣氛。二十年前我因為媒體研究關係而閱讀到官方的事件起訴書，也進行過田野訪查，記錄數十位涉案人的回憶，臺籍兵當時還曾密謀在濁水溪畔饒平國小附近的國軍前進基地拖拉大炮舉事，以「炸西螺大橋、接收虎尾空軍與電臺」為首役目標。這些爸爸時代嘉南平原石破天驚的事，我不曾問過爸爸，心想：他的青年行履是走向已婚家庭有了妻小的生活，他的結拜換帖情義，反映著濃厚友誼的近代社會次結構，藉以讓個人得到安全的憑藉罷了。他的行誼，直線而單純，不是冒險者。

爸爸退伍後的生活確實也得到結拜兄弟的幫助，成為農村的養鴨戶，也曾短暫跟著卡車南北奔跑，受雇為臺鴨捆工。我的童年時代赤膊的爸爸挑磚、挑砂、砌牆，蓋起家人要住房屋。他似乎很有人緣，輕易就能糾集同村的人一起做工，而且鄰近鄉鎮的朋友很多，豪邁廣交、喜愛勞動的形象烙印在我的心裡。我常坐在他的川崎機車把手下緣的油箱，而後座搭掛雞鴨禽貨。農村生活多半家小一起勞動，對現代工商社會而言已屬遙不可及的景況。

爸爸老了，仍然愛騎川崎老機車在村里跑動。爸爸不再豪邁廣交，反而嘮叨小氣，會計較鄰居的盆栽放過界址邊緣線，喜歡到隔壁老嫗婆開的雜貨店閒聊。農忙期嫌棄大哥耕作老爸的農地不夠俐落，田水太少、麻雀太多、施肥太晚、雜草太多……

遊子回家，也許照面而來的鄉里老甫缺乏光采，歐吉桑打拚了一輩子，就喜歡巡巡逛逛小村，這是個餘生可以安養的所在。歐吉桑愛吃西瓜，那麼買顆好西瓜回去孝敬他老人家。庸庸碌碌的人生或是精采燦爛的日子，俱往矣！所珍惜的是能夠互相招呼的溫情。特別是不善表達感情的鄉下爸爸們，這是我們所從出的來處，假日回老家他們只會趕忙跑到田埂邊收割韭菜、圓茄、聖女番茄……，說這些果菜沒有毒素，要兒子、媳婦多帶一點天然的回城市。這些天然的蔬果為天然的老爸所採，由子女所領受，還有什麼比得上這福分！

餘韻再賞

〈天然的鄉里老甫〉在本文中指的是臺灣農村中的勞動者，也指的是勤懇務實、打拚了一輩子的作者父親。文中，作者坦承，目不識丁的父親對他的愛，表現在「花的學費最多這一項」上，於是當一碗冰只五毛錢的年代，作者一年學雜住宿費便高逾萬元！但基於愛，當作者一心朝向「高人一等、出人頭地的路跑去」時，父親卻是無怨無悔、一心只想著作為兒子「供應路費的人」。而全文最令人感慨處則是，作者敘述高中讀貴族學校，同學家長多以汽車接送小孩，但騎送貨機車、穿汗衫和塑膠拖鞋接作者回家的父親，為顧全兒子顏面，總選擇「遠離校門無人的角落」等候，待父子相會，作者跨上機車後座，才在暗夜中奔馳返家，「一路無言」。這樣質樸無文的父親，先是靠著挑磚挑砂砌牆、而後當臺鴨捆工，將「庸庸碌碌的人生都奉獻給小孩」，才造就了進入大學殿堂、成為高級知識分子的作者。雖文中並未明言，但從行文語氣與結語之餘音裊裊，卻充分體現了作者對父親的感恩之情，溢於言表，細讀之下，實是一篇溫暖誠懇的親情散文。

1965年阿公於日本新幹線車站留影。

阿公的奇幻旅程

文、圖片提供‖鄭淑瑩

「那個時佇，我跟你叔公兩個，天未光就要起床去挖竹筍，暗瞑冷，細漢沒鞋穿，現在想起腳底還是冷吱吱……」

頭髮花白的阿公，講起古來，眼角笑紋隨著揮舞的手勢高揚起落，當時還是小學生的哥哥和我，陷坐在紅色沙發椅上，聽著他一下指東、一下指西，一愣一愣，似聽非懂地，想像艋舺老家舊時光景。暑假閒散悠悠，燠熱冗長的午眠後，阿公總像是前一晚徹夜準備好講稿般地，帶著點興奮的口吻把我們喚下樓，來到二樓前廳坐定位。晃動的枝椏樹影映在白牆上，後院裡的熟爛芒果香，隨清風飄散入室，樹影下的一老兩小，展開一段黑白彩色交雜的時光旅程。

「咱加蚋仔（現今臺北市南萬華）這個地方，以前到處攏是種竹子，阮挖好筍仔，就擔去龍山寺那裡賣。沒坐車喔，赤腳走……」受日本教育的阿公，平日話不多，表情經常冷靜沉默，那時的他，已從日本藥品進口業退休，雖然賦閒在家，也總是一身整齊衫褲，梳著一絲不苟的髮型，挺著腰桿看報寫字吃食；唯獨在這午後的講古時光，阿公的嚴肅斯文像是被陽光融化般，話匣子一開，就像回到童年的孩子，眉飛色舞欲罷不能。

有時候，他把我們帶往窗邊，指著鄰近的東園街、萬大路，讓我們想像高樓房舍出現之前的遍地竹林及茉莉花園，而當時還是小學生的他，就背著書包朝「東園公學校」（現今臺北萬華區東園國小）登校去；有時，他打開大抽屜，小心翼翼翻出家族族譜，數著福州渡臺後又過了幾代，再轉頭望向阿祖遺照，帶著畏懼語氣地說：「阿爸力氣真猛，日本人來伊嘛照打。」

也有時候，他會翻出藏在櫃子最深處的那本相簿，裡面是國中時就因氣喘去世的小叔叔身影，扉頁上，端正的國字密密麻麻寫滿了阿公對么兒的早逝不捨與思念，這本相簿的故事老是說不完，翻到一半，阿公的神情總迅速退回靜默，收攏於一抹哀傷。

阿公的話題不只這些，有時還穿雜了一些讓人匪夷所思、魔幻稀奇的經歷軼事。他曾神祕兮兮、降低語調說，「咱後面的鄭家三合院古厝，用的紅磚跟臺灣總督府是一樣的！」他跟叔公兩個人，趁著日本兵不注意時，分趟搬了好幾塊回來，「被抓到一定槍殺啦！」

他還歷歷在目的敘述年輕時的「亞馬遜河冒險記」，用著誇張的手勢，形容河裡的魚「跟這個客廳同款大」，岸畔灌草埋伏著會生吃活人的花，危機四處，驚險重重，害我猜想擺在客廳玻璃櫃裡，那兩隻比手臂還要粗長的雕花木叉，該不會就是阿公闖蕩雨林的的禦身武器吧？「別傻了，」哥哥早識破阿公的澎風牛皮，偷偷在我耳邊說，「那是在東南亞買的紀念品啦！」

＊　＊　＊

那個難忘的下午，斜陽依舊將樹影照進屋牆，我跟哥哥再次從午眠中被喚醒，帶著些許煩躁的起床氣，咚咚下樓準備聽古。阿公取下老花眼鏡，微微沙啞的聲音，把時光帶回他十三歲公學校畢業的那年，「細漢時大家都喚阮阿明，日本人開放臺灣人可以讀冊，登校後阮才有鄭明發這名字。六年後，阮第一名畢業！」

「那佇想要繼續讀冊，沒膽說出嘴。」語調轉落寞，眼神飄向遠處，看進塵封已久的回憶。阿公繼續說，那時候家中需要人手種田，又逢他的阿公，也就是我這輩的曾祖過世，身為長孫男，底下還有十多個弟弟妹妹，數度徘迴在三合院前的年輕阿明，終究沒有勇氣走進大門，說出想要繼續升學的心願。

然而，就在曾祖的喪事上，眾子孫跪拜齊喊「有喔！」「有喔！」，請來的乩童忽然全身狂顫發抖，說是「上身了」。慌忙中，有人問了一句：「咁有什麼話要尬阿明講？」

眾人退散，紛擾暫停，屏息等待著乩童的答案。我和哥哥也盯著阿公的嘴角不放。那乩童究竟說了什麼？

「伊只講三個字……」講完這句話的阿公，猛然低下頭，再也不出聲，不知過了多久，抬起的臉龐卻是難掩激動，像個孩子般，嗚嗚咽咽哭了起來，哽抑起伏的胸喉間，擠出困難卻清楚的三個字：

「要——讀——冊」

火山爆發般止不住的淚水，從掩面的手指間併流而出。靜止的氣氛中，充滿我和哥哥的不知所措。那個下午，是第一次，也是唯一的一次，看見阿公的眼淚。

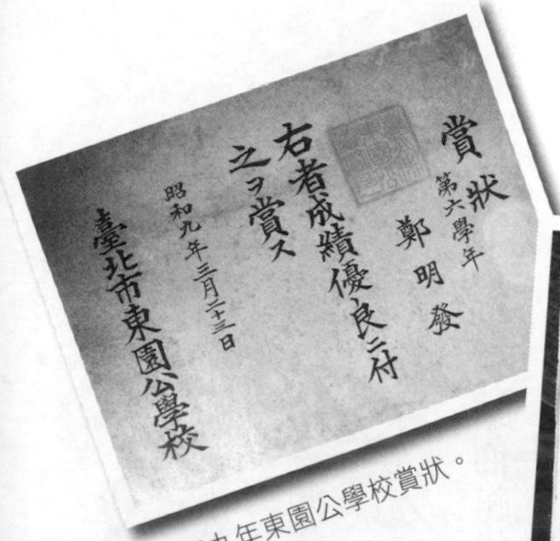

昭和九年東園公學校賞狀。

東園公學校畢業班照片。

阿公的高等學校畢業照。

二十歲的阿公進洋行工作（後排左一）。

*　*　*

那紙寫著「鄭明發　右者成績優良」字樣，日期昭和九年的公學校賞狀，今年端午節返家時，我和哥哥翻箱倒櫃，在三樓的阿公遺物袋中找到了。紙面早已泛黃斑駁，卻一點折痕也無，足見七十幾年來，是以多麼珍貴如初的心情保存著。袋中還有日治時代「臺北第二中學校」、「臺北高等商業學校」畢業紀念冊，裡面的青春阿公戴著高校帽，是當時臺日共學制度下，少數的臺籍畢業生之一，之後穿起筆挺西裝，進入洋行工作，笑容有些靦腆、有些得意；還有一張在日本新大阪驛站前的留影，下面寫著一九六五年，那是新幹線通車的第二年。

原來阿公這次沒有臭蓋，當時的「要——讀——冊」三個字，是如此震撼且戲劇性地答允出他心中所想，猛然轉扭了命運，讓十三歲的阿明得以走出三合院農稼，追求起自己的人生，在日治時期及戰後的臺灣，活出一段奇幻又寫實的人生旅程；同時，也扭轉了之後的家族命運，讓開枝散業的我們，憑依著阿公用一生打拚換來的富足安樂，有幸享受無憂的生活環境，有幸走往更廣大的未來。

那個下午，阿公激動的眼淚，我們現在終於明白。

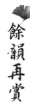

餘韻再賞

以艋舺老家為背景，〈阿公的奇幻旅程〉既書寫一段溫馨可感的祖孫深情，也簡筆敘述了阿公充滿戲劇性與傳奇色彩的生命歷程。全文從作者童年歲月與哥哥聽阿公講古的回憶說起，細數那許多難忘的午後時光。作者以抒情詩意的筆觸，描摩樹影搖曳，爛熟的芒果香隨清風入室，阿公的古雅臺語清晰迴盪……，於不著痕跡間，訴諸讀者的視覺、聽覺、嗅覺與觸覺，所述講古場景與記憶，乃顯得親切、具體且生動。而文章後半段，則聚焦於阿公「奇幻旅程」的鋪敘，指出日據時代，以第一名成績畢業於公學校的阿公，因家中食指浩繁，雖「沒膽說出想繼續讀冊」的心願，但在曾祖喪禮中，乩童因祖靈附身而指示他應「讀冊」的戲劇性發展，卻扭轉了阿公的一生，自此阿公成為彼時「臺日共學制度下，少數畢業生之一」，爾後更進入洋行工作，從事日本藥品進口業，直至退休。全文在阿公對話部分，出以臺語寫作，正符合其身分、形象，韻味十足，也充滿了真實感，而祖孫共享無數親暱時光與生命情事，跨代深情，尤令人動容，是一篇雋永溫暖、值得細品的親情散文。

父母結婚照。

我爹和他的三個女人

文、圖片提供∥李儀婷

我爹今年八十七歲了。

提起我爹，不能不提及他生命中的三個女人。

這三個女人，建構了他一生漂流的軌跡。

我爹的第一個女人，也就是我大娘，住在大陸山東，以前叫濮縣，現在則改名為鄄城的一個小地方。

結婚那年，我爹只是個剛滿十五歲的小毛頭，而大娘已經是個十九歲大姑娘了。

那年代，父親會這麼早結婚，原因很簡單，完全是為了順應他爹娘，也就是我爺爺奶奶的需求。

「家裡人手不夠，你快些結婚吧！」

按奶奶的指示，我爹在十五歲那年的冬天，趁著學校短暫的假期，很快的完成了終身大事。

結婚後，我爹留下新婚的妻子，自個兒又到城裡讀書去了。

結婚後，大娘每天在人口眾多的大宅院裡，為夫家洗衣、煮飯、縫破衣，每天凌晨四點起床，直到半夜三更才能入睡。

對於這樣一個女人，我爹總會帶著憐憫和惋惜的口吻，對我說：「你大娘溫良嫻淑，任勞任怨，是個不可多得的好女人，天底下的女人，沒一個比她強，可惜她命苦，從沒過過什麼好日子。」

這樣一個女人，為夫家生了兩個孩子，順利的延續了香火之後，卻因為中日戰爭，不得不和我爹分離，帶著孩子，跟著爺爺奶奶到處流轉，而我爹則是跟著學校一路撤退到了臺灣。

就這樣，大娘和我爹再也沒有彼此的音訊，我爹再見到她時，大娘只剩一堆荒塚了。

至於我爹，隨著政府軍，撤退到臺灣時，已經二十四歲。剛來臺的那幾年，我爹在「當兵」、「逃兵」的日子裡轉悠了好幾個年頭。

會逃兵，不是因為他孬，而是當局的騙了他。當初說好撤退到異鄉，是為了讀書，誰知道船一靠岸，全體一律當兵，如有不從，一律投海淹了。

我爹就是那攏準備被投海的隊伍裡的其中一個。

「還好老子命大，就在老子被投海的前一刻，遇見一個同鄉軍官，救了俺，俺才能有今天的日子。」我爹說。

大難不死，我爹當了幾年的小兵，憑著一股自學的毅力，靠著還不錯的外語能力，輾轉當了翻譯官。

就在一次到苗栗出公差的路上，經過一處基督教會，看見了一個驚世美女。

我爹每每描述那情境，就彷彿看見仙女下凡那樣誇張。

「他娘的，當時老子還以為上天堂了，那容貌真美。」

「後來呢？」

「啥後來，老子也不是省油的燈，當然是輕輕鬆鬆娶到手。」

在我爹熱烈的追求下，那女孩不顧家裡反對，決定和我爹結婚了。

當時，那女孩只有十八，而爹已經是個接近四十歲的中年男人了。

我爹對那女孩呵護有加，寵愛也有加。

女孩不會買菜，我爹便自個去買菜；女孩不會做菜，我爹便每日煮飯做菜給女孩吃；女孩不習慣早起，早餐也懶得下床吃，我爹怕女孩餓出毛病來，於是每日將精心做好的早餐擺盤，從一樓端到二樓女孩的床前，讓女孩悠哉悠哉的在床上吃完早點。

我爹對女孩什麼都好，唯一比較麻煩的是，不讓女孩出門。

女孩若要出門買東西，我爹便會說：「這簡單，俺幫你買回來。」

女孩若要去找朋友，我爹便會問，「男的女的？朋友都沒一個好東西，只會拐你玩樂，走不正道的路，不准去。」

女孩就連出門倒個垃圾，和異性鄰居寒暄，我爹都會氣沖沖的奪門而出，制止女孩做出這種有違婦德的舉動。

女孩若大哭大鬧，堅持外出，我爹便苦口婆心，道德勸說：「外頭世界很亂，壞人很多，你自個兒出門俺不放心，還是別去了。」

就這樣，女孩在我爹的細心呵護下，一路從苗栗山腳、桃園林邊、再到中部水井里，跟著我爹四海為家。

那幾年，我爹也從一個現役的軍人提前退役，以四十歲的年齡考上了臺北的師範，畢業後，終於在臺中一所名為「東山」的中學找到教職，和女孩在臺中太平居住了下來。

慢慢的，女孩也從青春少女的年紀，變成了四個孩子的媽媽，從一個少女，變成了少婦。

生了孩子，我爹更賭定這個在他心中貌如天仙的女孩，會和他一輩子走下去。

誰知道女孩在生下第四胎之後，受不了我爹的管制，也受不了四個孩子所帶來的吵鬧和疲憊，更受不了外頭世界的誘惑，終於在小女兒出生沒多久，跟著一群有趣又瘋狂的朋友，一起離家出走了。

「你媽是我見過最不負責任的女人了，她怎麼狠心丟下四個孩子，和朋友到外頭鬼混，外頭有比家裡溫暖嗎？」整個成長過程，我爹總是時不時拿同一個問題這樣詰問我。

是的，那個被我爹精心呵護的女孩，就是我媽。

面對我爸的怒火，我總是沒好氣的說：「要抱怨，我比你更想埋怨，幹麼找一個這樣的女人當我媽，害我從小就沒有母親！」

每每聽到我的反駁，我爹就會哭喪著臉，怪聲怪調的回我：「俺怎

臺中水井里的父親與母親。

全家福。

麼知道她愛玩，勝過愛俺。俺對她那麼好，她……她怎麼能這麼狠心對俺。」

「別難過了，現在生活不也挺好，看開一點。」

「可是你媽……」

我爹說，我媽是他見過最聰明，也是最漂亮的女人，雖然不走正途，喜好玩樂，但是我爹直到現在，仍然愛著她。

我爹嗚咽的說：「你媽是俺這輩子最愛的女人。」

我媽離開後，我爹自己一個人帶著四個孩子，靠著一份中學教師的收入，盼星星盼月亮的，終於把孩子給盼大了。

「找個能照顧你的好女人吧。」每天聽我爹嘮叨我媽的不是，我覺得我爹該放下了。

於是，我爹在我滿二十歲的那年，又再婚了。

在吃了我媽這樣一個臺灣女孩的虧之後，我爹學乖了，他想起老家第一任妻子的溫柔嫻熟，因此他的第三次婚姻，又再度選擇了來自大陸的新娘。

新任媽媽年紀不小也不老，和我媽年齡差不多，和我爹結婚時，剛滿五十歲。

新任媽媽在大陸是個單親媽媽，自己育有四個孩子，都已結婚生子，曾和我爹結婚的原因很簡單，只是彼此互相找個老伴。

我爹以為他又娶到那個溫柔嫻熟的人娘，只是他忘了新任妻子可是

（左起）第三任妻子、三三、父親。

歷經了大陸的動盪與巨變，走過紅衛兵批鬥的時代，是個標準的鐵娘子。

新任媽媽平時待我爹呵護備至，溫柔有加，一旦遇事可就變得性格火爆，言語犀利，看來我爹想要娶到他夢想中魂牽夢縈的女子，可得等上一等了。

我爹今年八十七歲了，從大陸山東的故鄉，一路漂流，輾轉來到了臺灣臺中，他生命中的三個女子，記錄著他生命中的足跡。

餘韻再賞

〈我爹和他的三個女人〉一文，從表面觀之，似是一篇記述父親婚姻生活或婚姻史的文章，但細加玩味，卻發現其中含藏著離合悲歡、滄桑血淚，隱然有大時代動亂變遷的影子晃動其間。簡言之，透過父親和先後三位妻子的聚散，我們看見了兩岸半世紀以來具體而微的一頁變遷史。作者的大娘，亦即父親生命中的第一個女人，是舊社會中保守傳統的女性，安分認命、沒有自我，在為夫家傳宗接代後，由於戰事紛擾，年輕的丈夫遠走臺灣，就此竟成永別。父親的第二任妻子，也是作者的母親，早年是愛玩且不成熟的臺灣少女，但婚後即使成了四個孩子的母親，卻仍然拋夫棄子，離家出走，傷透了父親的心。至於父親第三任妻子則是經歷過文革的大陸新娘，平日溫柔，遇事則「性格火爆，言語犀利」，實為美中不足。但不論如何，作者認為這三位女性對父親而言仍深具意義，是因為她們記錄了父親「生命的足跡」。全文從女兒角度，看父親漂流一生與並不幸福的三段婚姻，同情、理解與體貼兼而有之，有女如此，則做父親的其實亦可以欣慰無憾了。

父親（右一）大學畢業前的單車長征。攝於高雄澄清湖。

旅父

文、圖片提供‖謝三進

初夏某個晚上，我與父親坐在家中客廳，有一句沒一句地聊著，為撰寫這篇父親節的文章作準備。甚少返家的我特意趕車回鄉，除了翻翻父親年輕時的照片，約莫就是為了這樣走走停停的對話。

其實父親在我心中早已有個明確的形象，大可不必專程回家訪問他。然而據此印象下筆，頂多也只能寫出邁向壯年之後的父親，不喜誇耀的父親甚少提起年輕時的事，若偶爾聊到，也大多是簡要的幾句，以至我對父親年輕時充滿好奇，卻又未曾有機會一窺究竟。

父親出生於彰化農家，家中兄弟姊妹共有九人，父親在兄弟裡排行第六。父親童年時，臺灣中南部地區尚屬傳統農業社會型態，子女愈多，對於家中農務愈有助益。父親在家中排行較小，於兄弟姊妹之中又

父親就讀於淡江英專歷史系時所攝。

較擅長讀書，所以獲得家中父母與兄姊支持，初中畢業後繼續升學至大學畢業。父親自北斗高中畢業後，考上淡江英專（今淡江大學）歷史系，隻身扛著一布袋的行李，搭火車到淡水站下車，開始了他的流浪生涯。

「流浪」這兩個字，父親到現在都還很喜歡，經常聽他說：「等到哪天比較有空，就要騎腳踏車去流浪。」雖然父親一年前終於自職場退休，距離他所說的「有空的時候」似乎相當近了，但父親並沒有真的就騎著單車流浪去，仍舊留在家中陪孫子或屋內或屋外或上街，以孫子為中心繞著跑。仔細想想，自我有印象以來，父親就過著這樣的生活，看家、外出買菜、料理三餐，以至於「流浪」如此自由的詞，與我所熟悉的父親總有那麼點不搭。直到仔細翻看父親年輕時的照片，才曉得流浪，其實是他眾多生命經驗裡的重要組成。

我在相簿中發現一系列父親與兩位朋友騎著單車的照片，仔細辨識照片中的背景時，發現居然是臺南、高雄與屏東等地，進一步向父親確認，才曉得那是父親大學畢業前的一次遠遊。與同學約好自彰化家中啟程，三個人便騎著單車往屏東出發，騎了約莫三百餘公里，最終在鵝鑾鼻停下。同樣的路線，也是我小時候每年家庭旅行的路線，或許走在這條年輕時曾征服的長途上，父親也在一絲一縷重複召喚著年輕時的記憶吧。類似的旅程，兩年前的夏天父親曾帶我騎單車經歷過，自彰化往新竹，一百四十餘公里的旅程，當晚在夜宿的老舊旅店中，聽著父親厚重的鼾聲，不明所以的我只心想：這莫名好強的中年男子！然而此時我稍稍明白，對於甘心為家放下一切的他而言，「踏上旅途」或許就是他留給自己的些許浪漫。

大學畢業後的父親，進入了嘉新水泥臺南分公司，擔任「經銷輔導」工作，經常得騎著機車往來臺南各地拜訪廠商。最令父親印象深刻的，是自臺南市往返玉井、大內一帶的山路，那時未完全鋪設柏油路，每當下過午後雷陣雨，下山的路便特別危險，父親曾多次摔車，吃足苦頭。去年家族旅行經過那一帶，看著新鋪設得又平順又寬闊的柏油路面，父親才娓娓道出他當年在此地「打滾」的就業初體驗。

臺南市除了是父親取得第一份工作的地方，也是父親與母親相遇的地方。那時母親在臺南遠東百貨上班，經同鄉的朋友介紹，兩人就這麼開始交往。婚後便暫時定居在臺南，生下第一個孩子，也就是我的大姊。

一九七一年十大建設之「南北高速公路」（中山高速公路）開工，臺灣南北貨物運輸成為新興事業，父親婚後一年，因老家親戚經營的貨運公司將在北部開設辦事處，有意找父親負責此工作，父親於是辭去在水泥公司的工作，一家三口搬到基隆，與母親協力跨向新的事業版圖。

在基隆短暫住過一年，不久，為了方便業務的擴展，這個住辦一體的小家庭又搬進了臺北市。此時正值臺灣經濟起飛時期，父親與母親的工作內容不外安排將臺灣製造的產品自中南部工廠運到基隆港，準備外銷出口。基隆港早在日治時期由日本殖民政府進行了一系統的規劃，已具良港之規模，唯在終戰前遭美軍密集轟炸、癱瘓以至無法運作。國民政府接收臺灣後，成立港務局，積極重建；一九六〇至八〇年代初，並進行了一系列擴建與改良工程，也與初興建的高速公路銜接上，為國際貿易提供更好的硬體設施。

但在父親出入基隆港那幾年，也就是國際物流量爆炸式成長的一九七〇年代末，硬體設施雖有良好的建構，但港務運作機制方面卻還殘留著許多不便與陋習，以至於辛苦運送貨物抵達港口的貨運司機們，還得面對許多匪夷所思的困難。在這樣的情況下，父親與一幫聯結車司機、港務人員等業務相關者十二人，在基隆港結拜為互相力挺到底的好兄弟——其實比較像是共擬合作契約的事業夥伴，只是這一幫青年男子的做法頗具男子氣慨與中國世俗文化的浪漫想像。

一九八三年，大伯在彰化合興工業區經營的貿易工廠需要經營人手，又找上了父親與母親，於是經歷多年南北遷徙之後，終於搬回了父親與母親故鄉所在的中部地區。此時二姊業已「加入」這個小家庭多年，搬回彰化的第二年，緊接著是我的出生，家庭成員於焉全數到齊。

父親返回彰化協助家族經營貿易工廠。與三個個性互異的孩子合照。

因先前在貨運公司累積了相當的業務經驗與人脈關係，貿易工廠在父親與母親的經營下日益壯大，但對家中三個孩子而言，父親深知這並不是好的成長環境。於是在他三十八歲那年，決意參加教師資格考試。然而這並非容易的決定，一來是離開校園已久，重拾書本實非易事，更何況貿易工廠的工作正日趨繁忙，父親只好利用晚上工作全部完成之後再抽空念書，然而此時母親與我們三個孩子都已入睡了，父親為怕打擾到我們，便一個人到屋外的路燈下讀書，陪伴著他的，除了腳下爬過的蟑螂與不時湧上的睡意，大概就是對這個家庭未來的想像吧。所幸終究考取縣內國中的歷史科教師資格。

對父親以往的印象已經很淡了，中年後的父親經過更年期的困擾，變得不若以往多話、俏皮搞笑，但隨著撰寫這篇文章，某些父親年輕時的形象逐漸自我腦海深處甦醒。模糊記得在一個車流繁忙的大馬路上，路央一個機車騎士被撞倒，肇事車輛逃逸，父親交代母親看好三個孩子，便橫越馬路，走到倒地的騎士身邊。那時尚且不滿八歲的我便隱約曉得，這會是我這輩子最崇拜這個男人的時刻之一。

餘韻再賞

如細加玩味，〈旅父〉標題，實具有多義性且充滿象徵。在作者既定的印象中，戀家且「甘心為家放下一切」的父親，是與瀟灑率性的「流浪」一詞無法產生聯想的。但在作者翻閱了父親大學時代與同學自彰化騎單車遠征鵝鑾鼻的照片後，這想法卻有了大幅度的改變。因為此一飆騎三百餘公里之壯舉，充滿一種英雄式的浪漫，遠非年輕的作者所能想像。而大學畢業後的父親，在工作上從南到北，迭經歷練，也見證、體驗了臺灣經濟起飛轉型的曲折歷程，但父親最終仍選擇返回彰化老家，且在三十八歲那年，毅然決定轉換跑道，投身教育界。文中，作者描述父親為參加教師資格考試，怕打擾三個熟睡的孩子，站在屋外路燈下夜讀的身影，令人感動；而文末作者追憶八歲那年，全家外出，馬路上某機車騎士被撞倒在地，肇事者逃逸，「父親交代母親看好三個孩子，便橫越馬路，走到倒地的騎士身邊……」則尤令人動容！簡言之，〈旅父〉一文，記述了一個平凡父親偉岸不凡的形象，以及他一路走來，始終溫暖可親亦復可敬的特質，實可視為一帖由衷禮讚的父親頌。

夏日葬禮

文、圖片提供‖鄧文瑜

今天是外公過世後的第八天。

早晨的鬧鐘對我鳴槍，我迅速套上拖鞋開始刷牙洗臉，整裝，離開宿舍，跑向路的另一頭，搭車去臺北看夏卡爾畫展。這時，我的速度像火，高溫的著急狠狠燒過我的瀏海，粉紅帆布鞋下的柏油路被我快步蹬在腳後，地球自轉的速度受到腳步影響愈轉愈快，因此失去本來的時間。

我失去的時間一部分停在外公的臉上，一部分停在母親與阿姨們的口中。我沒見到外公的最後一面，在外公過世後的第二天晚上，父親載我去外公家上香。密閉的汽車中，我坐在後座，從照後鏡中看著父親的臉，窗外是熟悉的街景，我的書包裡裝著臺灣文學課本，那天的課程進度是朱天文〈戀戀風塵〉的電影劇本。

「外公是怎麼死的呀？」

「我到時已經昏迷，只有妳媽在。一直打電話叫人去的，反而不在！」

「你說誰呀？」

「還有誰！那個當家的。」我不敢接話，沉默一陣。

「是二阿姨嗎？」

「更怪的是很快就拔管了。」

「為什麼不急救呀？」

「誰知道？妳到那邊不要亂問，拜一拜就趕快回來。」

到外公家後，我看見靈堂前的紅木桌擺滿豐盛的供品，左前方立著同套的淨水檯與屏風。右前方是接待用的桌椅，包上米黃椅套與同款桌布，二姨丈、大舅、五阿姨正在摺紙錢。

外公的遺照是四年前重拍的婚紗照，是阿姨們與大舅為彌補外婆不曾穿過婚紗而送的禮物，外公的臉在嚴重修片後，皺紋都消失了，彷彿是一個假人。如今我再次看見這照片，不禁認為這是一則預言。另一則預言是外公家出現的一位客人：龍巖公司的職員。國中時，我曾聽母親提起：二阿姨找到一家專辦「生前契約」的公司，並和五位阿姨、大舅討論後，在八年前決定為外公和外婆各買一份生前契約，同時母親也為自己買了一份。

我不知道死亡究竟是怎麼回事，但我明白它已經發生。

母親在我上香時，在一旁說：

「阿爸，小瑜來看你囉。請保佑她學業順利。」

我不知道外公是否曾保佑我，但我知道他是個好人，單純樸實的種田人。因為某些原因，父親七年不曾走進外婆家。我、妹妹、弟弟在年初二或外公家有活動時，必須在父母親間進行選邊站的抉擇。那七年，我貫徹對父母親公平的孝心。那七年，我規律地陪母親回外婆家，規律地拒絕母親的請求，並在外婆家保持沉默，靜聽五位阿姨與姨丈們公審父親的罪狀。

上完香後，我和五阿姨學摺紙錢，將印有極樂世界的紙錢對折，也和母親一起念經迴向給外公。待我和母親放下佛經稍微休息時，四阿姨跟我說起：以前外公很窮，但外婆喜歡看電影。外公會買一張票帶她去看電影，一個人在電影院外等她，之後再一起回家。那是我第一次聽四阿姨講這些話，並看著四阿姨在我面前紅了眼眶。

之後，我跟母親談起畢業後的打算時，忍不住發生爭執，四阿姨在一旁幫母親開導我，母親沉默又皺眉地看著我，四阿姨語重心長地對我曉以大義。我反駁也不是，不反駁也不是。那是我第一次經歷父親、妹妹與弟弟在外公家遭受的待遇，但從前我只是沉默的觀看這一切的發生。

我不確定家是怎麼一回事，彷彿它既存在又瓦解。

在外公頭七的那一夜，我看著身為長女的母親站在誦經師父的後面，而我和父親站在家眷中左後方的角落。我一邊聽著師父念著陌生的經文，靈堂後方冰櫃裡外公的臉和遺照的臉一邊在我腦中逐漸疊合。我和父親合掌跟著師父的動作彎腰、鞠躬、跪拜，但總比別人慢半拍。看著還在念小學、幼稚園的表弟與表妹們乖順如做體操般跟著大人的動作，我默默猜想他們是否明白死亡的意義。

那一夜，我第一次和父親靠得這麼近。父親拿著一本佛經與我共看並誦念，像小學三年級的我念繪本故事給弟弟聽般，幼稚園小班的弟弟跟著我說故事的速度而翻頁，父親留意我念經的速度而翻頁。

母親專注地在前方低頭誦經，矮小的背影似乎縮得更小，我忍不住想像是否有一天，我會站在同樣的位置送父親最後一程呢？又或某天，我會漂浮在喪禮會場，看著我的父母親送我最後一程呢？

佛音繚繞的空氣中，我竟然哭了。那是我第一次為外公哭泣，第一次如此逼近死亡，而且無法迴避。對我而言既陌生又熟悉的外公，真的離開了。

「妳要多來陪外公說話呀。」母親曾對我說。

「妳要多回外公家。很少看到妳喔。」四姨丈曾對我說。

「那是誰？都認不出來了。」大舅曾問舅媽。

「是大姊的小孩。」舅媽曾小聲回答大舅。

我記得這些話，但我為了貫徹公平的孝心，為了逃避不熟悉且尷尬的處境，而敷衍這些話。而我一直堅信的公平原則，在這雨後溼涼的夜晚，忽然被鬆動了。可是，我除了拍拍母親的肩膀，說：「媽，妳不要太難過。」之外，我說不出任何的話。

誦經結束後，親戚們燒紙錢、元寶、蓮花給外公時，喊著：

「阿爸，來領錢喔！」

我只敢小聲說著，「外公，再見。」看著幾點星火從金爐中翻飛上天。

今天是外公過世後的第八天。我在顛簸的公車上，想起這些事。車窗外是搖晃的路景，我在橡膠座椅上感受公車一路抽搐，這晃動與速度，彷彿我的家族過去所經歷的一切。

之後，我會到達故宮。今天是夏卡爾畫展的最後一天。我將在展場看見那幅名為《生日》的畫，飛翔的男子親吻摯愛的未婚妻，一如我的外公直到死亡，都不曾與外婆吵架，一直和外婆手牽手。

餘韻再賞

〈夏日葬禮〉是一篇讀來沉重的親情散文，敘事背景雖在高溫如火的夏日，但葬禮的哀戚情境、因外公去世更形錯綜難解的家族恩怨與嫌隙，在作者筆下交織成一種陰黯如低氣壓的氛圍，恰與現實世界的明亮炎熱形成不協調的對比。而在作者心中，心地善良的外公是一個「單純樸實的種田人」，年輕歲月窮困時，為成全愛看電影的外婆，總只買一張票讓外婆獨享，自己一個人則在電影院外守候，直至散場才與外婆一起回家，如此細膩深情，實令人不免低徊。而作者自述撰寫此文為外公去世第八天，亦是故宮夏卡爾畫展最後一天。全文從作者奔赴畫展現場的敘述切入，倒帶回想外公葬禮情景與往昔親族互動種種，文末復以夏卡爾名畫《生日》中，飛翔男子親吻摯愛未婚妻的甜蜜浪漫作結，直言畫中傳達的愛情訊息，令作者想起「外公直到死亡，都不曾與外婆吵架，一直和外婆手牽手……」，對外公的溫柔深情，可謂既賦予最高評價，亦致以最大敬意。全文流露作者對外公的體貼疼惜與理解，惜文中描述家族嫌隙的部分，略嫌晦澀含糊，如能清晰表述當更佳。

國家圖書館出版品預行編目資料

沒有返程票的旅行／吳鈞堯策劃；陳幸蕙賞析. -- 初版 . --台北市：幼獅，2012.03
面；　公分. --（多寶槅；190）
ISBN 978-957-574-868-5 （平裝）
855　　101003409

多寶槅190
沒有返程票的旅行

策　　劃=吳鈞堯
賞　　析=陳幸蕙
出 版 者=幼獅文化事業股份有限公司
發 行 人=李鍾桂
總 經 理=王華金
總 編 輯=劉淑華
主　　編=林泊瑜
編　　輯=朱燕翔
美術編輯=張靖梅
總 公 司=10045 台北市重慶南路 1 段 66-1 號 3 樓
電　　話=(02)2311-2832
傳　　真=(02)2311-5368
郵政劃撥=00033368

門市
●松江展示中心：(10422) 台北市松江路 219 號
電話：(02)2502-5858 轉 734　傳真：(02)2503-6601

印　　刷=崇寶彩藝印刷股份有限公司
定　　價=220 元
港　　幣=73 元
初　　版=2012.05
五　　刷=2015.07
書　　號=954212

幼獅樂讀網
http://www.youth.com.tw
e-mail：customer@youth.com.tw

行政院新聞局核准登記證局版台業字第 0143 號

幼獅文化公司／讀者服務卡／

感謝您購買幼獅公司出版的好書！
為提升服務品質與出版更優質的圖書，敬請撥冗填寫後（免貼郵票）擲寄本公司，或傳真（傳真電話02-23115368），我們將參考您的意見、分享您的觀點，出版更多的好書。並不定期提供您相關書訊、活動、特惠專案等。謝謝！

基本資料

姓名：……………………先生／小姐

婚姻狀況：□已婚 □未婚　職業：□學生 □公教 □上班族 □家管 □其他

出生：民國……………年……………月……………日

電話：（公）……………（宅）……………（手機）……………

e-mail：……………………

聯絡地址：……………………

1.您所購買的書名：**沒有返程票的旅行**

2.您通常以何種方式購書？（可複選）：□1.書店買書 □2.網路購書 □3.傳真訂購 □4.郵局劃撥 □5.幼獅門市 □6.團體訂購 □7.其他

3.您是否曾買過幼獅其他出版品：□是，□1.圖書 □2.幼獅文藝 □3.幼獅少年
□否

4.您從何處得知本書訊息：（可複選）□1.師長介紹 □2.朋友介紹 □3.幼獅少年雜誌
□4.幼獅文藝雜誌 □5.報章雜誌書評介紹……………報
□6.DM傳單、海報 □7.書店 □8.廣播(　　　　)
□9.電子報、edm □10.其他……………

5.您喜歡本書的原因：□1.作者 □2.書名 □3.內容 □4.封面設計 □5.其他

6.您不喜歡本書的原因：□1.作者 □2.書名 □3.內容 □4.封面設計 □5.其他

7.您希望得知的出版訊息：□1.青少年讀物 □2.兒童讀物 □3.親子叢書
□4.教師充電系列 □5.其他

8.您覺得本書的價格：□1.偏高 □2.合理 □3.偏低

9.讀完本書後您覺得：□1.很有收穫 □2.有收穫 □3.收穫不多 □4.沒收穫

10.敬請推薦親友，共同加入我們的閱讀計畫，我們將適時寄送相關書訊，以豐富書香與心靈的空間：

(1)姓名……………e-mail……………電話……………
(2)姓名……………e-mail……………電話……………
(3)姓名……………e-mail……………電話……………

11.您對本書或本公司的建議：

廣　告　回　信
台北郵局登記證
台北廣字第942號

請直接投郵　免貼郵票

10045　台北市重慶南路一段66-1號3樓

幼獅文化事業股份有限公司

請沿虛線對折寄回

客服專線：02-23112832分機208　傳真：02-23115368

e-mail：customer@youth.com.tw

幼獅樂讀網http：//www.youth.com.tw